琼瑶

作品大合集

六个梦

琼瑶
著

作家出版社

琼瑶，本名陈喆，作家、编剧、作词人、影视制作人。原籍湖南衡阳，1938年生于四川成都，1949年随父母由大陆赴台生活。16岁时以笔名心如发表小说《云影》，25岁时出版首部长篇小说《窗外》。多年来笔耕不辍，代表作包括《烟雨蒙蒙》《几度夕阳红》《彩云飞》《海鸥飞处》《心有千千结》《一帘幽梦》《在水一方》《我是一片云》《庭院深深》等。

多部作品先后改编成为电影及电视剧，琼瑶也因此步入影视产业。《六个梦》系列、《梅花三弄》系列、《还珠格格》系列等，影响至深，成为几代读者与观众共同的记忆。

琼瑶以流畅优美的文笔，编织了众多曲折动人的故事。其作品以对于梦的憧憬和爱的执着，与大众流行文化紧密结合，风靡半个多世纪，成为华文世界中极重要的文学经典。

我為愛而生，我為愛而寫
文字裡度過多少春夏秋冬
文字裡留下多少青春浪漫
人世間雖然沒有天長地久
故事裡火花燃燒愛也依舊

瓊瑤

目录

1 六个梦

3 第一个梦：追寻

41 第二个梦：哑妻

87 第三个梦：三朵花

131 第四个梦：生命的鞭

173 第五个梦：归人记

213 第六个梦：流亡曲

249 尾声

六个梦

是个美好的晚上。

窗外，有月亮，有星星，有虫鸣，有云，有烟，有梦。

那个老人坐在窗前，膝上放着一本照相本，上面贴满了陈旧的照片。他静静地坐着，凝视着月亮笼罩着的朦朦胧胧的原野、远山和渺无边际的虚空。在隔壁房间里，有一个年轻的、女孩子的歌声，正清晰地唱着：

日日深杯引满，
朝朝小圃花开，
自歌自舞自开怀，
且喜无拘无碍！
青史几番春梦，
红尘多少奇才，
不需计较与安排，
领取而今现在！

老人倾听着，微微地颔了颔首。那个唱歌的女孩子跑了进来，是个十八九岁的少女，圆圆的脸，大大的眼睛。她走到了老人身边，笑着说：

“又在看那个照相本吗，爷爷？”

老人凝视着她，微微一笑。

“坐下，小纹。”他说。

小纹在地毯上坐了下来，把她的头倚在了老人的膝前。老人望了望天，沉吟地说：

“你的那首歌非常好，小纹。记住这首歌，把握你的现在，愉愉快快地享受你的生活。”

“你每晚在窗前想些什么呢？爷爷？”

“我在捕捉一些东西，捕捉一些逝去的梦。”

“你说的话我一个字都不懂，什么梦？”

“你想听吗，小纹？”

“想，讲给我听吧，爷爷，讲给我听你捕捉的那些梦。”

“好吧，我要讲六个梦给你听。现在，让我开始述说那第一个梦。”

月光朦朦胧胧，树影朦朦胧胧，老人的眼睛蒙蒙眬眬……故事开始了，如果你不累，请静静地听吧！

第一个梦

追寻

一

一九一二年，北平。

那一天，对婉君而言，真像是场大梦。一清早，家里挤满了姨姨姑姑，到处乱哄哄的。妈妈拿出一件绣满了花的红色缎子衣服，换掉了她平日穿惯的短袄长裙，七八个人围着她，给她搽胭脂抹粉，戴上珠串珠花，遮上头帔，然后妈妈抱了她一下，含着泪说：

“小婉，离开了妈妈，别再闹孩子脾气了。到了那边，就要像个大人一样了，要听话，要乖，要学着侍候公公婆婆，知道吗？”

婉君紧闭着嘴，呆呆地坐着，像个小洋娃娃。然后，她被硬塞进那个挂着帘子、垂着珠珞的花轿，在鞭炮和鼓乐齐鸣中，花轿被抬了起来。直到此刻，她才突然被一种恐怖和惊惶所慑服，她紧紧地抓住轿杆，“哇”的一声哭了起来，拼命叫妈妈。于是妈妈的脸在轿门口出现了，用非常柔和的声音说：

“小婉，好好地去吧，到那儿，大家都会喜欢你的。别哭了，当心把胭脂都哭掉了。”

轿子抬走了，妈妈的脸不见了。她躲在轿子里，抽抽噎噎地一直到周家大门口。然后糊糊涂涂地，她被人搀了出来，在许许多多陌生人的注视下、评论下，走进了周家的大厅。

她一直记得那红色的地毯，就在那地毯上，她被人拉扯着，扶掖着，和一个十三四岁的漂亮的男孩子拜了天地，正式成为周家的儿媳。事后她才知道和她拜堂的那个神采飞扬的男孩子，并不是她的丈夫，而是她丈夫的大弟弟仲康。她的丈夫伯健那时正卧病在床，而由仲康代表他拜了天地。这种提前迎娶被称作冲喜。或者，她真的是一颗福星，无论如何，她进门后，伯健的病却果然好了。

那一天，婉君才刚八岁。

她在以后许许多多的岁月中，始终忘不了那个第一天。她还清楚地记得，当她参拜了祖先公婆，又被命令见这个见那个，在她眼前，全是些陌生人。那顶凤冠压得她头痛，她是那么惶惑紧张而害怕，渴望着能够回到母亲身边去。最后，她终于被搀进一间小巧精致的卧房，好几个中年妇人伴着她，她却在那房里哭得肝肠寸断，她想爸爸，想妈妈，想她忘记带来的布娃娃。那几个妇人拼命哄她，给她糖果、饼干，但她依然不停地哭着。于是，一个小男孩突然钻进了人群，一只手里握着一大串鞭炮，另一只手拿着燃炮的香，用一对骨碌碌转着的、又大又黑的眼睛好奇地望着她。

她忘了哭，呆呆地看着这个男孩子，他穿着件很漂亮的青缎长衫，却撩起了下摆，掖在裤子里。露出里面的黑缎裤子，上面全是灰尘。他眉毛上有一道黑烟，一直延长到鼻梁上，面颊上被泥土和汗水糊得一塌糊涂，加上那乌溜溜的大眼睛，是那么滑稽，那么好笑。那些中年妇人抓住了这个男孩子，一个说：

“好哦，三少爷，刚才你妈到处找你来见新嫂嫂，你跑到哪里去了！看！这个新娘子就是你的大嫂，快叫呀！”

那男孩子扭着身子，不肯叫，嘴里嘟嘟囔囔的，半天后，才突然问：

“做新娘子为什么要哭哩？”

“不知道呀，你劝劝好吗？”一个妇人开玩笑地说。

那男孩望着婉君挑眉毛，耸鼻子，做了半天思索考虑的样子，忽然对她说：

“你别哭，我拿我的叫蝈蝈给你玩！”

大家都笑了起来，那男孩被笑得不好意思了，从人缝里一溜就钻走了。

这就是婉君第一次见到叔豪——伯健的小弟弟，比婉君大一个月零三天，那时候也只有八岁。

从此，婉君开始了一段全新的生活，头几天，她必须试着去熟悉她的新环境和新家人，夜里就缩在被窝筒里哭。但是，立即，她发现，周家上上下下都那么和气可亲，她的婆婆待她和女儿一般，嘘寒问暖，无微不至。仲康和叔豪觑着空儿就来拉她玩。斗蟋蟀，捉蝈蝈，看金鱼，饲小鸟。婆婆显然有命令，要大家陪她玩，使她冲淡离开母亲的悲哀。果然，没多久，她就能适应于她的新环境了。主要的，是仲康和叔豪两个小兄弟的功劳，他们带着她在花园中奔逐嬉戏，无论如何，她到底只是个孩子，而孩子与孩子之间，友谊是十分容易建立的。

到周家一个月之后，她才见到她的丈夫。那是一个晴朗的早晨，她的婆婆——也就是周太太——牵着她的小手，把她带进一间十分雅洁的房间里。房子中，四壁都是书架，有一张巨大的书桌，上面养着一盆早菊。房里充满了药香和一种淡淡的檀香气息，使人神清气爽。在一张紫檀木的大床上，斜靠着一个十八九岁的青年。周太太把婉君牵到床边，微笑着说：

“伯健，见见你的媳妇。”

婉君局促地站在床前，虽然年纪小，却已懂得羞怯，她模糊地明白，这个男人与她有着切身的关系，至于其他，她实在是似懂非懂。她垂首而立，不敢抬头。周太太轻轻地拍了她的肩膀一下，对伯健说：

“和你的媳妇交交朋友吧！我到厨房看看今天有新鲜东西吃没有？”然后，她弯下身子对婉君说：“这是你的健哥哥，陪他谈谈天，等他病好了，他才会带你玩呢！”

周太太走了出去，留下婉君在伯健床边手足无措地站着。好半天，房间里静悄悄的，什么声音都没有。然后，伯健伸手轻轻地托起了婉君的下巴。婉君被迫抬起头来，看到了一张年轻而俊美的脸，虽然清癯消瘦，却有对炯炯有神的眼睛和挺直的鼻梁。薄薄的嘴唇，很温和，很秀气。他审视着她，眼光里有着激赏和震惊。然后，他非常非常柔和地问她：

“你的名字叫婉君？”

她点点头。

“你几岁？”

“八岁。”她低声说。

“八岁！”他自言自语地说，“才八岁！”他怜恤地望着她，默默地摇头，轻声说：“假如不幸我死了，这就是个最年轻的寡妇了！”他再度摇摇头，是对这种婚俗摇头。然后，他温和地拉起她的一只手，笑笑说：

“念过书没有？”

“爸爸教过我《千字文》和《三字经》，另外还念了《列女传》。”婉君说。

“很好，以后可以和仲康、叔豪一块念书，程老师教得很好，让他教你念念《千家诗》和《唐诗三百首》。”

婉君没说话，伯健拍拍床沿，示意让她坐上去。她坐了上去，初见面的局促已经好多了，伯健仔细地望她，赞美地说：

“你很美，很可爱！婉君，别怕我，我会说许多故事给你听，你喜欢听故事吗？”

婉君点点头，就这么一刻，她已感到和伯健十分亲切了。从这一天起，婉君开始和仲康、叔豪一块念书。晚上，就到伯健房里消磨一两小时。伯健会考查她白天所念的，并细心地指导她。没多久，她就热爱起她的新生活来。

二

这天下午，婉君在她的房间里背《千家诗》，这是早上才教的一首七律：

一片花飞减却春，
风飘万点正愁人。
且看欲尽花经眼，
莫厌伤多酒入唇。
江上小堂巢翡翠，
苑边高冢卧麒麟。
细推物理须行乐，
何用浮名绊此身。

她知道必须背出来，并把意义弄清楚，要不然，晚上伯健会不高兴。伯健对她，督促得比那个家中的西席程老师还严。正背着诗，窗外一个小影子一闪，叔豪趴在窗子上，脑袋伸到窗槛上来叫她：

“喂！婉妹，出来！我捉了两个大蟋蟀，斗得才好玩呢！快来看！”在周家，周太太觉得婉君尚小，距离和伯健圆房的日子还早得很，让两个弟弟叫她大嫂怪别扭的，所以仲康和叔豪都叫她婉妹，下人们则含含混混地叫她小姐，或是婉小姐。好在这家庭中只有三个男孩子，没有女孩，叫小姐，也不会和别的人弄混。

婉君开了门走出去，叔豪跑过来，一把拉住她的手就向前跑，穿过了月洞门，到了花园里，在金鱼池旁边的山子石下，仲康正蹲在那儿，用一株小草逗弄笼里的蟋蟀。叔豪叫着说：

“别把我的蟋蟀放跑了！”

“它们打累了，居然讲和了。”仲康笑嘻嘻地说，他有两道浓眉，这一点，和他的哥哥弟弟都不同。眼睛则是周家的祖传，大，黑而漂亮。宽宽的额，略嫌宽阔的嘴，整天嘻嘻哈哈的，有一股满不在乎的劲儿。婉君喜欢听他摇着脑袋念书，哼哼唧唧的，酸酸溜溜的，又带着满脸调皮的笑，使人看了就要发笑。程老师曾说：三兄弟里就以仲康的资质最高，叔豪是块璞玉，尚未雕琢，伯健则充满才气，超凡脱俗，与两个弟弟又不同了。

“没听说蟋蟀会讲和的。”叔豪嘟着嘴说，一面走过去看。

婉君蹲下身子来，山子石边有一潭积水，仲康帮她挽了挽裙子，以免沾湿。她好奇地看着笼子里那个褐色的小东西。现在，它们正各守在一个角落里，彼此遥遥相对，互相打量着，一面高举着它们的触须。叔豪摘了一枝狗尾草，拼命去拨弄它们，嘴里乱七八糟地叫着：

“打呀！没有用的东西，是好汉就不怕死！去呀！打呀！将军们！快点！”

但，那两个将军却仍然驻守着它们的据点，丝毫没有进攻的意思。婉君也弄了一枝草来拨，和叔豪的小脑袋靠在一起。叔豪看看没有办法，就提起笼子来，对里面大吹起气，然后一怒之下，干脆把笼子摔了，气呼呼地说：

“两个没用的东西！”

婉君靠在山子石上笑，仲康看到一只墨蝶一直在婉君的头顶上盘旋，就轻轻地说：

“婉妹，别动！”

婉君站住不敢动，那只墨蝶飞了一阵，果真停在婉君的肩膀上了。仲康蹑手蹑脚地来捉，没提防叔豪冲了过来，嚷着说：

“又逮着了一个！”

原来叔豪一直在山子石底下挖蟋蟀，这会儿又捉到一个，顿时兴高采烈地冲过来，拿给婉君看。这一跑一叫，那只蝴蝶立即惊飞了，婉君气得一跺脚说：

“都是你！跑什么嘛！好好的一只蝴蝶都给你吓跑了！谁要看你的蟋蟀嘛，又不好看又不好玩！”

叔豪愣住了，瞪着两个大圆眼睛，傻呵呵地望着婉君，半天之后才无精打采地说：

“原来你不喜欢看蟋蟀呀？我还以为你喜欢呢！要不然我才不去捉呢！我早就玩腻蟋蟀了！”说着，他把手里那只蟋蟀扔得远远的。仲康耸耸肩，笑着对婉君说：

“我知道你喜欢什么。”

“喜欢什么？”叔豪又兴冲冲起来，伸着小脑袋问：“告诉我，我帮你去捉！”

“你喜欢——”仲康咧着张大嘴，笑嘻嘻地说，“大哥讲的故事，是不是？”

“讲故事，”叔豪神气活现地说，“我也会讲！”

“你会讲？”仲康发生兴趣地说，“讲一个来听听看！”

“嗯，”叔豪伸伸脖子，皱皱眉头，又用舌头舔舔嘴唇，想了半天说，“从前有一只乌鸦，它呀，捡到一个红果果，它就把它吃掉了，嗯……红果果是脏的，它就肚子痛了，它妈妈就骂它了，它就哭了。就——完了。”

仲康大笑了起来，竖着大拇指说：

“讲得好！”

婉君把头仰了仰：

“不好听！”

“下次我讲好听的给你听！”叔豪说，接着又愣了愣，突然说，“婉妹，你是大哥的媳妇，是不是？”

婉君红了脸。叔豪用手扯扯她的衣服，嘟着嘴说：

“余妈说，你将来就是大哥一个人的，我们就不能跟你一起玩了，因为你是大哥的媳妇。婉妹，赶明儿我大了，你也做我的媳妇好吗？”

“傻话！”十三岁的仲康又大笑了起来。

婉君对叔豪眨了一下眼睛，对于“媳妇”两个字也懂得害羞，她笑着用手指羞叔豪，唱起一支北方的童谣来，一面唱，一面跑开：

小小子，

坐门墩，

哭哭啼啼要媳妇，
要媳妇干吗？
点灯；说话！
吹灯；做伴！
明天早上起来给我梳小辫！

唱着，她已经跑了老远了，仲康在后面喊：

“婉妹！小心石头！”

可是，来不及了，脚下石头一绊，她就栽倒了下去。仲康赶过来，一把扶起了她，她憋着气，直皱眉头，用手压在膝盖上。仲康撩起她的裙子，里面，一条葱绿色的绸裤子磕破了一大块，膝盖上正沁出血来。仲康让她坐在石头上，安慰地说：

“别怕！”

就俯下头去，用土法把她伤口里的淤血吸出来，然后仰着脸看她，问：

“痛吗？”

婉君勉强地笑笑，很英雄气概地摇摇头。事实上，她已经痛得眼泪在眼眶子里打转了。仲康点点头，很豪放地一笑说：

“你真了不起！”

一年过去了。伯健的病已经完全好了。整天握着一卷书，在花园里散步。这天，伯健刚走到鱼池边，就听到仲康的声音在说：

“该你走了！哎！别走那个，我要吃你的车了。”

伯健悄悄地绕过去，看到仲康和婉君正坐在草地上下象棋。婉君梳着两个髻，苹果小脸红扑扑的，一对乌黑的眸子正聚精会神地盯着棋盘，伯健轻轻地走过去，悄悄地看他们下。显然婉君的局势很不利，已经损失了一个车一个炮，而仲康的子都是全的，只少了两个兵。又下了一会儿，仲康一个劲儿猛追婉君的车，没提防婉君一个马后炮将军，仲康“啊哟”一声叫了起来说：

“真糟糕，只顾得吃你的车，忘了自己的老家了，不行，让我悔一步吧！”

“不可以！不可以！”婉君按着棋子说，“讲好举手无悔的！好哦，你可输了！”

“这盘明明是赢的，”仲康说，“就是太贪心了，不行，这盘不算，我们再来过！”

“你输了怎么可以不算？”婉君得意地昂着头，一脸骄傲之色，“这下你别再说嘴了！我可赢了你了！”

“好吧，好吧！算你赢了一盘！”仲康无可奈何似的说。但他脸上掠过一个慧黠的笑，温柔地望着婉君愉快而兴奋的小脸。伯健立即明白，这盘棋是仲康故意输给婉君的。他沉思地审视着仲康，在这个十四岁的男孩身上看到一种早熟的柔情。于是，他咳了一声，两个孩子同时一惊，同时抬起头来：

“是你，大哥！”仲康说。

“健哥哥！”婉君站起身来，用软软的童音，甜甜地叫了一声，仰着头对他微笑，“我赢了康哥哥一盘。”

“我看到了。”伯健笑着说，“还下不下？”

“不下了，”婉君拉住了他的手，“健哥哥，你讲故事给我听吧！”

仲康收拾好棋子，对他们挥挥手，笑着说：

“我要去赶一篇作文，等会儿程老师又要骂我偷懒了！”

伯健牵着婉君的小手，在花园中踱着步子，一面问：

“诗背出来没有？”

“背出来了。”婉君说。

“背给我听听。”

“妾发初覆额，折花门前剧。”婉君背了起来，是李白的《长干行》，“郎骑竹马来，绕床弄青梅。同居长干里，两小无嫌猜。十四为君妇，羞颜未尝开……”婉君突然住了嘴，凝视着花园另一头。

“怎么，背不出来了？”伯健温柔地问。

“不是。”婉君说，仍然凝视着花园的那一头。伯健跟着她的视线看过去，于是，他看到叔豪正跨着一根竹子，手里举着一个大风筝，拖拖拉拉，呼呼哧哧地跑了过来。一面跑，一面高声叫着：

“婉妹！婉妹！你要骑竹马还是放风筝？”

一时间，伯健也呆呆地愣住了。

三

婉君细细地凝视着镜子里的自己，从小，她就知道自己长得很美，但是如今镜子里的自己，使她有一种陌生感，那弯弯的眉毛，乌黑的眼睛，丰满的嘴唇和迅速成熟的身段都向她说明一件事：她长大了。是的，她已度过了十六岁的生日，从她的丫头嫣红嘴中，获知周太太已准备为她和伯健圆房。她很喜欢伯健，可是，“圆房”两个字使她不安，她觉得若有所失。迷茫、忧郁，而烦躁。她不想圆房，她也不想长大，她分析不出自己的情绪，只感到满心困扰。

画了眉，换好衣服，修饰整齐。她照例先到周太太房里去请安问好。周太太拉住她的手对她含蓄地笑着，上上下下打量她，看得她心里直发毛。然后，周太太揽住她，温和地说：

“婉君，你真是越长越漂亮了。”

婉君红了脸，俯首不语。

“婉君，你已十六岁了，伯健的年龄也早该生儿育女了，所以，我想，再过一两个月，要请几桌酒，让你和伯健圆房。”

婉君的头垂得更低，周太太抚摸着她的肩膀，叹息着说：

“我知道你很喜欢伯健，圆房是人生必经的事，也没什么可害羞的。至于伯健，他喜欢你的程度恐怕连你自己都不知道，告诉你一件事，本来，我们想在你长大以前，先给伯健娶几房姨太太，好早日抱孙子，但是，伯健坚持不肯，要等着你长大。现在，你总算长大了，早些圆房，也了了我一件心事。而且，等你和伯健圆了房，我才能给仲康把张家的小姐娶过来……”

婉君羞怯地垂着头，听着周太太说，周太太足足讲了半个多钟头，她才退出来，刚走到花园边的走廊上，就看到伯健斜倚着栏杆站着，她望了他一眼，自从圆房之议一起，她总是回避着他。这时，她正要绕路而行，伯健迎了上来，拉住了她：

“又想躲开？”他问。

她默然地站着，他用手捧住了她的脸，她避开，紧张地说：

“当心别人碰见！”

“有什么关系呢？”伯健说，“你是我的妻子，不是吗？”他温存地望着她，用手背摩挲她的面颊，然后，看看四面没人，他闪电一般在她面颊上吻了一下。她惊慌失措，转过身子，又想跑开，他握住了她的手腕：

“妈跟你说了些什么？”

“不知道。”她说，努力想走开。

“为什么要躲我？”

“没有嘛。”

“没有就站着别动，我们好好地说说话。”

婉君勉勉强强地站着，一面心慌意乱地东张西望，怕给别人看到。

“婉君，”伯健柔声叫，轻轻地抚摸她的肩，“你有一点怕我，是不是？”

“让我走吧，”她说，乞求地望着他，“别人看到要说话的。”

他握住她的手，依依不舍地望着她的脸，然后微微一笑，轻轻地说：“婉君，我喜欢你，从你第一次站在我床前起，我就喜欢你。你有一种特殊的力量，你的眼睛使人心灵震撼。婉君，你用不着怕我，应该是我怕你，我觉得我的幸福和一切都掌握在你的小手里。”他把她的手紧握了一下，放开了她：“去吧！不久之后，你就要完完全全属于我了，那时候你也要逃开吗？”

婉君羞红了脸，匆匆忙忙地跑走了。跑到走廊转角处，她却一眼看到走廊外的花园里，仲康正站在一棵大树底下。那么，她和伯健的这一幕，已经全被仲康看到了。她更加不好意思，加快了步子向自己房里走去，可是仲康赶了过来，一把就拉住了她：

“跟我到花园里来！”仲康用一种命令的口吻说，“我有话要问你！”

婉君身不由已地跟着他走到山子石后面的鱼池边。站定了之后，仲康却一语不发。过了半天，才对她咧着嘴一笑，抱拳对她作了个揖，说：

“恭喜了，婉妹妹，祝你和大哥白头偕老。”

不知为什么，婉君觉得他的话里有一种酸涩和讽刺的味道，听了令人浑身不舒服。她把头转开，含含糊糊地说：

“要恭喜你呢，康哥，妈刚才告诉我，要给你举行婚礼了，在择日子呢！不久，你的张小姐就要进门了。”

仲康捏住她的手臂，把她的身子狠狠地转过来，盯着她的眼睛问：

“真的吗？”

“当然是真的嘛！”

“可是，”仲康紧紧地注视着她，慢吞吞地说，“八年前，我已经行过婚礼了。”

“你说什么？”婉君大吃了一惊。

“八年前，”仲康冷冷地说，“在我家的大厅里，我曾经和一个小女孩拜了天地！”

“你……”婉君心慌意乱地说，“你别胡说八道吧！”

“我胡说八道？”仲康捏紧了她的手臂，使她发痛，“婉君，这么多年以来，你是真不明白呢，还是装不明白呢？你和大哥的婚礼能算数吗？”

“我真不明白什么？又装不明白什么？”

“你是明白的，”仲康一个字一个字地说，“你看得清清楚楚，婉君，你不笨，你明白我喜欢你，你知道我要你！大哥也知道！圆房，你和大哥圆房？不，婉君，你不能！八年前跟你行婚礼的是我，不是大哥。我要去对爸爸和妈说，我要你。你也要我，不是吗？”他看着她，有种跋扈的、威胁的神情。

“你怎么了？”婉君忙乱地说，“你知不知道你在讲什么？放我去吧！你！”

“我知道我在说什么，”仲康说，把她的手臂握得更紧，他漂亮的黑眼睛急切地望着她，低低地说，“婉君，我要你，我要你！最近两年来我想要你想得发疯。婉君，你不属于大哥，你应该属于我！只要你同意，我就去向爸爸妈妈说，我可以得到你。婉君，你是喜欢我的，是不是？我记得前年我生病，你在我床边悄悄地哭，你不知道你流泪的样子怎样感动我。那时，我就对我自己发誓，不计一切困难，我要娶你做妻子！”

“你——别说了，”婉君把头靠在身后的假山石上，紧张而局促地说，“无论如何，我的身份是你大哥的妻子……”

“那么，你爱他，你要嫁给他？”仲康紧迫着她问。

“我不知道，”婉君茫然无助地说，“我不是已经嫁给他了吗？在八年以前？”

“假若那个婚礼要算数，你应该是嫁给了我！”仲康生气地说，又迫切地望着她说，“婉君，现在时代不同了，现在讲究自由恋爱。父母做主的婚姻早已落伍了。如果你爱我，我们可以逃出去，逃出这个封建的家庭！”

“有人来了，你让我走吧！”婉君挣扎着说。

仲康盯着她看，然后，猛然间，他狂野地把她拉进了怀里，吻了她。他的嘴唇压在她的唇上，火热的、猛烈的。然后，他喘息地在她耳边说：

“我要你，婉君！”

婉君被他这个动作吓住了，她呆呆地看了他一会儿，就转过身子，狂奔而去。一直冲进了自己的屋里，关上房门，她把背靠在门上，剧烈地喘息着。她嘴唇上似乎仍有仲康嘴唇的余温，那一吻的晕眩依旧存在。她闭上眼睛，把手放在狂跳的心脏上。于是，她听到一个声音在问：

“你怎么了？婉妹？”

她又大大地吃了一惊，睁开眼睛，她看到叔豪正坐在她临窗的书桌前面，用一对疑惑的眼神望着她。

“哦，是你！”她松了一口气，摇摇头说，“我没有什么，突然有点头晕。”

她走到书桌前面，疲乏地在一张椅子里坐下来。于是，她这才发现，在她的书桌上面，放着大大小小的七八个笼子，每个笼子中分别地装着蝈蝈和蟋蟀，还有蝉。她诧异地望望这些东西，又看看叔豪，不知道这孩子在闹些什么鬼，近许多年来，他们就早已不玩这些小虫子了。叔豪傻呵呵地坐着，手腕放在桌子上，下巴放在手腕上，眼光是悲悲哀哀的。

“你在做什么？”婉君问，叔豪虽然比她大一些，她却总觉得自己像叔豪的姐姐，叔豪是她的一个弟弟，一个傻弟弟。

“我听说，”叔豪说，“你要和大哥圆房了。”

她不了解这与这些虫子有什么关系，更诧异叔豪这孩子居然也懂得“圆房”。

“你不要以为我不懂，”叔豪看了她一眼，“我什么都懂，你和大哥圆房之后，就不能再像以前那样跟我一起玩了。你将成为大哥一个人的……”他眨了眨眼睛，大眼睛里竟浮起一层泪光，“我想起你刚来的时候，整天想你妈妈，老是一个人躲着哭，我就去捉许多小虫子来给你玩，其实，我根本就不想玩那些东西，因为你喜欢，我就拼命捉。有一次，为了给你看一只蟋蟀，吓走了你要捉的一只蝴蝶，你生了我的气，我伤心了好久，到现在还记得呢。现在，你马上要和大哥在一起了，我们一块玩的日子就算结束了，我没有东西可以贺你和大哥，只能再捉一些虫子给你，请你别忘了我们捉虫子的时光……别忘了你笑我是‘小小子，坐门墩，哭哭啼啼要媳妇……’的时光。当然，我永远不能梦想你会成为我的媳妇，成为我一个人的……”他忽然从椅子上跳了起来，用长衫的袖子擦去眼泪，一面向门口走去。

婉君呆住了，看到他向门口走，她不由自主地跟了过去。然后，她拉住他的袖子，望着他红红的眼睛，仿佛他依然是她来的第一天所见的那个傻小子，那个要用叫蝈蝈来安慰她的傻孩子。她张着嘴，半天都说不出话来，终于，吞吞吐吐地说了一句：

“豪哥，无论我怎么样，我还是婉君，我不会生疏你、冷淡你的！”

“那时候，一切都会不同了，是不？”叔豪说，昂了一下头，“婉妹，我只觉得不公平，我们是一块长大的，从小，我们一起读书，一起玩，一起追逐游戏。在书房里，我总背不出四书来，每次都是你帮我提词……”他狠狠地跺了一下脚，又用袖子去擦眼泪，然后打开门，踉跄着跑出去了。婉君望着他的背影消失在回廊里，不禁怔在那里，许久之后，才关上房门。转过头来，一眼又看到桌上那些各式各样的小虫子。她走到桌边，倒进椅子里，用手蒙住了脸，喃喃地喊：

“天哪，我的天哪！”

四

婉君和伯健圆房的日子择定在八月十五，中秋之夜。距离圆房还有一个月的时间。

家里在外表上十分平静，周太太请了裁缝到家里来给婉君制了许多新衣。同时，油漆粉刷的工人开始穿梭不停地忙着修饰新房。周太太又翻出许多旧的画，什么石榴多子图、牡丹富贵图、燕尔新婚图……重新裱褙，用来布置新房。婉君成天躲在房里，不敢出去。却时时感到心惊肉跳，怔忡不已，生怕有什么事故要发生。

叔豪像发了神经病一般，开始每天送一两个小笼子来，婉君的桌上已经堆满了小笼子。这些小笼子使她心神不安，每个笼子上好像都飘浮着叔豪那傻里傻气瞪着她的大眼睛。每个笼子都会提醒她一件往事。一天，他送进的笼子里装着一只大墨蝶，他提着笼子站在门口，满头的汗，满身灰尘，袖管撕破了一大块。婉君皱皱眉，问：

"怎么弄的？"

"捉这只蝴蝶，"叔豪说，高高地提着笼子，"像不像以前吓走的那一只？给你捉回来，你不生我的气了吧！"

婉君看看他那满头大汗的狼狈样子，感到心里一阵抽痛，她说：

"进来吧，擦一把脸，让我给你把袖子补一补！"

叔豪却惨然一笑，说：

"不敢劳动你了！"说着，他放下了笼子，用袖管擦擦额上的汗，自顾自地去了。婉君提起那个笼子来，望着那墨蝶在笼子里扑着翅膀，这才发现笼子上贴着一张纸条，纸条上写着李商隐的句子：

庄生晓梦迷蝴蝶，
望帝春心托杜鹃。

婉君把笼子放在桌上，自己坐在桌边，深深地沉思起来。

过了一天，叔豪又送进一个笼子，里面居然囚着一条已将吐丝的大蚕，笼子上也有一张纸条，龙飞凤舞地写着一首古诗：

春蚕不应老，
昼夜长怀丝。
何惜微躯尽，
缠绵自有时。

婉君把头埋在手腕里，痛苦地闭上眼睛。当第三天，叔豪又来打门的时候，婉君哀求地看着他说：

"求求你，别再送任何东西来了！"

叔豪望了她一会儿，掉转头就走了。婉君看着他负气走开，心中又是一阵抽痛，她把背靠在门框上，闭上眼睛，喃喃地说：

“别怨我！别恨我！别怪我！”

“谁怨你？谁恨你？谁怪你？”

一个声音问，她吃惊地张开眼睛，在她面前，伯健正微笑地望着她。她脸一红，转过身子想进房里去，伯健拦住了她，把她的脸托起来，仔细地凝视她，他的笑容收敛了，他的眼光柔和而又关注地在她脸上逡巡，然后，他用手指抹去了她面颊上的一滴泪珠，轻轻问：

“为什么？”

她转开头。

“没有什么。”

“不要进去，先告诉我。”伯健说，“有谁对你说过了什么吗？谁恨你？谁怨你？谁怪你？恨你什么？怨你什么？又怪你什么？告诉我。”

“没有，什么都没有。”她摇摇头说。

“是吗？”他深深地凝视她，“不愿意告诉我？不信任我？还是不了解我对你的关怀？婉君，抬起头来，看着我！”

她抬起头，看着他，他面容严肃，眼光柔和而恳切，里面包含了太多的关怀和深情。他智慧的额角给人宁静的感觉，颀长的身子使人有一种安全感。她突然渴望倚靠在他怀里，让他帮她抵制一切困扰。但是，这些事又怎能和他讲呢？伯健的眼睛里浮起一片疑云，他担忧地说：

“婉君，是不是——”他咬咬嘴唇，“你不想嫁我？你不喜欢我？”

她猛烈地摇头，喘着气说：

"不是的，你别乱讲，没有的事……"

"那我就放心了，"伯健如释重负地说，对她安慰地笑笑，"你知道，婉君，我那么喜欢你，我费了一段长时间来等你长大。你放心，婉君，你会发现我不是个专横的丈夫，我会待你十分好，你放心……"

婉君点点头，于是伯健情不自禁地伸出手来，捧起她的脸，用手指抚摸她光滑的面颊。可是，突然间，一声冷笑传了过来，仲康不知道从哪个角落里跑了出来，用折扇在伯健手腕上敲了一下，说：

"还没有圆房呢！在门口表演这一幕未免太过火了吧！"

伯健回过身子来，有点不好意思地笑笑，说：

"是你，仲康！"

婉君一看到仲康就害怕，转过头，就要钻进房里去，但仲康抢先一步堵住了婉君的门，昂然地站着，冷笑地望着婉君说：

"还没变成嫂嫂呢，就先不理人了！"

婉君局促地看了仲康一眼，仲康的眼睛正狠狠地盯着她，嘴边依然带着笑，却笑得十分凄楚。她立即发现他憔悴了，他的眼睛下有着黑圈，面容非常灰白。她软弱地站着，觉得仲康的眼睛那么使人震撼，好像一直看进她的内心深处。伯健的声音响了，他在试着给她解围：

"仲康，别开玩笑，让她进去吧！"

仲康直视着伯健，憋着气说：

"大哥，你放心，我伤害不了她的！"

感到仲康的语气不大对，伯健诧异地看着他，说：

“怎么回事？你好像不大高兴。”

“我应该高兴吗？”仲康爆发地说，“八年前我行的婚礼，八年后你来圆房！婉君到底该算你的妻子还是我的妻子？大哥，别以为婉君一定该属于你！”

“你是什么意思？”伯健吃惊而又愤怒地问。

“你以为只有你喜欢婉君？”仲康咄咄逼人地说，“不，大哥，你错了！我爱婉君，婉君也爱我，八年前我和婉君行过婚礼，现在应该我和婉君圆房！”

“你爱她？她也爱你？”伯健颤声问，然后，他回过头来，望着婉君说，“是真的吗？”

婉君浑身战栗，仲康一把握住了她的手臂，他的黑眼睛迫切地盯着她，他的眼光是热烈的、深情的、狂野的，他的声音沙哑而急切：

“告诉他！婉君，告诉他你爱我！”

婉君在他的眼光下瑟缩，她把头转向一边。仲康剧烈地摇撼着她的身子，他憔悴的眼睛里燃着火，用近乎恳求的声音说：

“你说呀！你说呀！你告诉他呀！”

伯健拉住了仲康，大声说：

“你不要胁迫她！放开她！”

仲康放了手，但他仍然死死地盯着她，一个字一个字地说：

“婉君！你爱我，不是吗？”

“婉君，”伯健也开口了，“你是怎么回事？你到底爱谁？”

婉君发出一声喊，哭着说：

“我不知道，我什么都不知道，你们别逼我！”说完，就冲进了自己的屋里，倒在床上哭。哭了半天，忽然被一个奇怪的声音所吸引了，她顺着那声音看过去，原来是叔豪的一个小笼子里的一只纺织娘，正拉长了声音在唱着。她从床上坐起来，怔怔地看着这小东西，眼前又浮起叔豪用袖管抹眼泪的样子来。她咬住嘴唇，感到头晕目眩。一只蝉也加入了合唱，高声叫着：

“痴呀！痴呀！痴呀！”

这天晚上，她的丫头嫣红来告诉她，周太太叫她去。她敏感到是兄弟们争她的事闹开了。她忐忑不安地走进周太太的房间，一眼看到她的公公周老爷也在座，三兄弟环侍在侧，每个人都沉着脸。周太太看到她进来，立刻皱着眉问她：

“婉君，你说说看，这到底是怎么回事？”

婉君茫然地望着周太太，周家老爷开口了：

“婉君，你原来说好是我们的大媳妇，怎么你又和我们老二扯不清呢？你要知道，我们是书香门第，可出不起丑，你是怎么回事呢？”

“我……”婉君张皇失措地说，“我没有……”她低下头去，觉得什么话都无法说，只得闭口不语。

“婉君，”周太太说，“你是我一手带大的、疼大的，我爱你就像爱自己的女儿一样。现在，我们家老大老二都发誓非你不娶……”

“还有我！”一个声音突然加入，大家都吃了一惊，看过去，叔豪挺胸而立，张着大眼睛，注视着婉君。周太太以为自己听错了，她望着叔豪说：

“叔豪，你说什么？”

“妈，”叔豪昂昂头，傻呵呵地说，“您不知道，婉君喜欢的是我，我们从小一块长大，青梅竹马，两小无猜……一起念书，吃饭，斗蟋蟀，踢毽子……我心里早就只有一个婉妹妹了！妈，你问婉妹就知道，她是不是最喜欢我？而且，婉妹和我同年，我们是比大哥二哥更合适的……”

“岂有此理！”周老爷勃然变色地说，“天下的女人又不是只有一个婉君，你们这三个孩子是发了疯了！”他气呼呼地看着垂首而立的婉君，又叹口气说：“红颜祸水！这女孩一进门我就觉得她美得过分，过分则不祥，果然如此！现在，你们准备怎么办呢？”

“爸爸，”伯健说，“一切总得遵礼办理，当初聘定给谁的，现在就应该给谁……”

“如果遵礼办理，”仲康说，“当初行婚礼的是我！”

“婉君，”周太太以开明的作风说，“这也是我不好，应该早早地就把你和三个孩子隔开，现在，你们闹得这样天翻地覆实在太不像话。事到如今，你自己说说这三个孩子中，你到底对哪一个有情？如今时代不同，一切讲自由，婚姻也讲究自由，那么你就自由选择吧！你说，你属意于谁？”

婉君的头垂得更低，仍然一语不发。

“你说话呀！”周太太逼着问。

"婉君，"伯健开口了，"你不要害羞，你就说吧！"婉君依然无语。

"婉妹，"叔豪跺了一下脚，"你告诉他们嘛，我们最要好，是不是？"

"别吵，"仲康说，"让她自己说吧！"

婉君紧闭着嘴，咬着嘴唇，依然一语不发。

"简直荒谬！"周老爷拍着桌子说，"太不像话了！从没有听说过这种事情！婉君自己的行为一定不检点，要不然怎么会弄到三面留情的地步！"

婉君迅速地抬头看了周老爷一眼，泪水冲进了她的眼眶里，她哽塞地说：

"我没有……"

"好了，"周太太说，"事已至此，发脾气也没用，她喜欢谁就让她嫁谁吧！婉君，你快说话呀！"

"别逼我，"婉君哭着说，"我不知道，我根本不知道！"

"什么话！"周老爷又发脾气了，"你自己弄得三个孩子颠颠倒倒，问你喜欢谁，你又不知道，难道你想嫁给他们三个人吗？"

"我……"婉君哭得更厉害，"真的不知道！"

"爸爸，"伯健说，"别逼她，让她去考虑一下好了。"

"我给你三天时间，"周老爷对婉君说，"你决定一下到底要嫁谁，如果你决定不下来，干脆你回娘家另嫁吧，我们周家大概没福分要你！"

听出公公的话，大有认为她勾引了三兄弟的意思，她难堪得想死。蒙住脸，她走出了周太太的屋子，伯健跟了出来，拉住她，她甩开他，一口气冲进自己屋里，闩上房门，把头靠在门上，哭着说：

“天哪！为什么他们要喜欢我呢？”

这天晚上，有人敲婉君的门，门开了，仲康站在外面。婉君想把门关起来，但仲康一脚就跨进了屋里，关上了门，他紧紧地盯着她看，她不由自主地向后退，仲康柔声说：

“婉君，你到底爱谁？”

“我不知道。”婉君无助地说。

“我会让你知道！”仲康说，一把拉住了她，把她拥进了怀里，她拼命挣扎，他也拼命圈住她，他的嘴唇在她面颊上摩擦，她挣扎着说：

“不要！康哥，请你不要！”

“我要定了你！”仲康在她耳边说，“如果我得不到你，我会——”他没有说完，而打了一个寒战，这个寒战使婉君心惊肉跳，她明白，三兄弟中以仲康的个性最猛烈。她想推开他，但，他把她抱得紧紧的，她简直无法挣扎。

“康哥，放开我，求求你！”她说。

“那么，答应我，你嫁给我！”仲康说。

房门被猛烈推开了，伯健铁青着脸走了进来，他一把握住仲康的衣领，厉声说：“放开她！你这个卑鄙的禽兽！”

仲康松了手，转过头来，狠狠地看着他的哥哥，咬牙切齿地说：

“我是禽兽，你是什么？你到这儿来的目的又是什么？”

“她是我的妻子，”伯健说，“我告诉你，你少惹她！”

“她永不会是你的妻子！”仲康说，“你别做梦了！”

兄弟两人怒目而视，婉君在一旁战栗，终于，他们一同退了出去。伯健临行，对她深深地看了一眼，这一眼使她心灵震动，她想起伯健讲过的一句话：“我的幸福和一切都掌握在你的小手里。”她恐怖地关上房门，浑身发抖，她明白，她掌握着的，还不只伯健的幸福，而是整个周家的命运。

没多久，又有人打门，鉴于刚才的事，她不敢开门，只在门里问：

“是谁？”

“是我。”

这是叔豪的声音，婉君更不敢开门了，她柔声说：

“太晚了，你去睡吧，有话明天再说。”

门外没有回声，她以为叔豪走了，过了好半天，却听到门外有人在抽抽噎噎地哭。她吓了一跳，打开门来，叔豪傻不愣登地站在门口，正在那儿哭，不住用袖子擦眼泪。

婉君呆了一呆说：

“怎么了？你？”

“我知道，”叔豪傻傻地说，“你不会选择我的！你不喜欢我！你喜欢他们！”说着，他像一阵风般卷进了屋子，把桌上那些小笼子全数扫进他长衫的下摆里，用衣服兜着，转身就赌气走了。

婉君重新关上了门，在床沿上坐着，呆呆地看着窗子。她觉得头昏脑涨，三兄弟的影子在她的眼前轮流晃动，一会儿是柔情似水的伯健，一会儿是热情奔放的仲康，一会儿是憨气十足的叔豪。她感到头痛欲裂，用手捧住头，她挣扎地叫着：

“老天，老天，老天，救我！救我！救我！”

深夜，她依然满屋子打转，不能成眠，她爱他们每一个！而她只要选择了一个必定会打击了另外两个！她在房里不停地走着，三兄弟的脸都逼迫着她，她仿佛听到他们全在她耳边狂吼：

“嫁给我！嫁给我！嫁给我！”

她的头痛得更厉害了，她觉得自己再不停止思想，一定要病倒了。但，她却不能止住思想，周老爷的脸和冷酷的声音也在她面前晃动，她扶住一张椅子，坐了下去，正好在梳妆台前面。镜子里反映出她苍白而美丽的脸，就是这张脸不好！她想起周老爷说她“美得不祥”的话，她仓促地跳了起来。

不行！我一定要躲开我自己！她错乱地想，如果没有我，他们就无所谓争执；如果没有我，什么问题都没有了。

这思想立刻控制了她，而无法摆脱了。她头昏脑涨地满屋乱转，终于，猛然站定了。额上冷汗涔涔，四肢冰冷。大约站了十分钟，她长长地吐了一口气，打开抽屉，找出一条带子，爬上了凳子，把带子在屋梁上打了一个结。然后，糊糊涂涂地把脖子伸进去，手是抖的，结打得也不好，弄了半天也弄不妥当，好不容易才把头套进去，踢翻了椅子。椅子倒地的声音发出一声巨响。她吃了一惊，同时，看到窗外有个人影一闪，立即听到有人叫：

“不好了！救人啦！救人啦！”

她最后的意识，是分辨出那是伯健的声音。

五

不知道过了多久，她荡悠悠地醒了过来，听到满屋子的人声，有人在搓她的手脚，有人在给她扇扇子，有几百个声音在叫她。她勉强地睁开了眼睛，看到叔豪哭得红肿的脸，看到仲康绝望的眼睛，也看到伯健无血色的嘴唇。她一醒过来，大家都叫了起来：

“好了，好了，醒了，活过来了！”

周太太拉住她的手，松了口气，又怨又哭地说：

“你看这个傻孩子，什么事情想不开要寻死？你有什么话你尽管说呀！我们又没怪你，又没骂你，什么事都可以依你的意思。我生平没生个女儿，把你像亲生女一样带大。现在，你好端端地就寻死，如果真有个三长两短，你叫我怎么向你妈交代？……伯健他们都喜欢你，你高兴嫁谁就嫁谁！我对你总算仁至义尽了，你怎么要寻死呢？”周太太含着眼泪，又急又疼又生气，断断续续地说个不停。

婉君的神志清楚了，立即知道寻死已经失败，顿感柔肠百结，听到周太太一番诉说，更是百感丛生，简直不知该置身何地。禁不住地，眼泪如潮水般涌了出来，一发就不可遏止，在枕头上痛哭了起来。周太太抚摸着婉君的肩膀，叹了口气说：

“你别只是哭，你有什么话你说好了！”

婉君哭得更凶，她怎么说呢？她说什么好呢？谁叫周太太有这样的三个儿子呢？谁叫他们三兄弟都如此痴情呢？周太太又叹了口气，对环立床边像三个木偶一般的兄弟们说：

“你们三个也劝劝她呀，别尽站着发呆！”然后，又摇了一阵头，诉说了一阵，把嫣红叫过来骂了一顿，又责备老妈子们不留心，再抚慰了婉君几句，留下三兄弟来劝她，才抹着眼泪走了。

周太太走后，房里有一段时间的沉寂，下人们都不作声，三兄弟也不开口，只有婉君还在抽抽噎噎地哭。终于，伯健走到床边，用手帕拭去了婉君的泪痕，自己却含着泪说：

“今晚，我就是不放心你，好像猜到你会出事似的，幸好跑到你视窗来看看，要不然你……”他哽住了半天，才又说：“婉君，什么事都可以商量，是不是？我们绝不逼你，如果你不要我，我也绝不怨你。我尊重你的意愿，不会用婚约来威逼你，你生气，骂我们，责备我们，都可以！只是不要再做这种傻事！”

仲康也走了过来，咬着嘴唇凝视着婉君，接着长叹了一声说：

“都是我不好，我想通了，如果我不逼婉君，她就笃笃定定地嫁给大哥，什么问题都没有了。我太糊涂，太荒唐……”

他抱拳对婉君深深一揖，毅然地甩了一下头："婉君，原谅我，把过失都记在我身上，要骂，就骂我吧，希望从此你能和你相爱的人，幸幸福福地过一辈子！"说完，他转过身子，头也不回地大踏步走了。

叔豪靠在床边，什么话都不说，婉君还在哭，伯健推推叔豪，要叔豪劝她，叔豪坐在床沿上，还没说话就也莫名其妙地哭了起来。两个人默然相对，各哭各的。伯健站在一边，看着他们哭，脑中突然掠过一个震撼，他想起许许多多年以前，他牵着婉君的手，听婉君背《长干行》，背到"郎骑竹马来，绕床弄青梅。同居长干里，两小无嫌猜……"时，正好叔豪跨着竹马，迤逦而来，婉君竟无法背诗，只对着叔豪发愣。现在，这一对孩子相对而哭的傻样子多使人感动，真的，他们才是一对！同样的脾气，同样的傻，同样的稚气未除！长叹了一声，他跺跺脚说：

"三弟，我把婉君交给你了！好好待她！"

含着泪，他也走出了房间，在房门口他站了一站，看到叔豪正用袖子给婉君擦眼泪，他想笑，又想哭。在跨门槛的时候，他的脚绊到一样东西，他拾了起来，是一个竹子编的小笼子，里面赫然是一条吐丝结茧的大蚕，笼子上有一张题着诗的小纸条：

春蚕不应老，
昼夜长怀丝。
何惜微躯尽，

缠绵自有时。

他把小笼子放在门口的茶几上，他明白这笼子是谁弄的，再望了叔豪和婉君一眼，他含泪而笑，觉得他们真像一对金童玉女。

第二天清早，伯健和仲康竟不约而同地分别留书出走了。仲康信上说，想到广东去读军校，希望伯健和婉君早日成婚。伯健却说想渡海到国外去，看看这个世界，并望父母成全叔豪和婉君。这件事使整个周家大大地震动，周太太从早哭到晚，怨天怨地怨神灵。周老爷连夜派人四处追寻，一面跺着脚骂婉君是“红颜祸水”。叔豪吵着要出去找哥哥们，周太太却死拉住他不放，怕他会效法哥哥，也一走了之。婉君终日以泪洗面，恨自己不死。下人们、丫头们、老妈子们，满屋子乱转，要劝解周太太，要防备叔豪出门，还要提防婉君寻死。平日安安静静的一栋宅子，被闹得天翻地覆。

一个月过去了，伯健和仲康都杳如黄鹤。周老爷认了命，以男儿志在四方来自慰。周太太依旧从早到晚流泪。叔豪整日躲在书房里，唉声叹气。婉君不出闺门，掩镜敛妆，以泪洗面。

半年多的日子就这样过去了。周太太终于认清伯健和仲康在三年五载之内不可能回来。而婉君的终身问题仍未解决。于是，她提出要依伯健的办法，让叔豪和婉君成婚。谁知，这提议立刻遭到叔豪和婉君双方的强烈反对，叔豪义正词严地说：

“婉君本属大哥，如果依行礼的人来论，也该属二哥，无论怎样轮不到我。如今，大哥二哥都为了婉君出走，下落不明，我怎能坐收渔人之利？”

婉君是愁肠百结地说：

“除非他们两人都在外面成了婚，要不然我不能嫁给豪哥，我对不起他们每一个人。”

没多久，叔豪终于飘然远行，说是不找到大哥二哥，誓不回来。

春去秋来，岁月如流，老年人死了，年轻的老了。在这栋大宅子里，一个寂寞的中年妇人日日凭栏远眺。她曾被三个男人爱过，但是，换得的只是无边无尽的寂寞和期待。周老爷和太太早已作古，她已经是这栋宅子中的女主人了。无论如何，她曾经拜过天地，拜过周家祖宗神位，拜过周老爷夫妇，正式成为周家媳妇。虽然她从没有获得过一个丈夫。

“小姐，风大了，进去吧！”嫣红走到回廊上，轻抚着婉君的肩膀说。

“别管我，让我一个人站站。”婉君说，继续凭着栏杆。

花园里，秋风正扫着落叶，天是阴沉欲雨的。婉君把头靠在柱子上，依稀记得伯健牵自己的小手，在这花园中教自己念诗。又仿佛看到叔豪和她趴在山子石底下挖蟋蟀，他的脑袋紧挨着她的。又恍惚感到仲康正撩起她的裙子，为她吸掉摔破的伤口中的淤血……泪水逐渐地模糊了她的视线。暮色加重了，一阵寒意袭了过来。在她头顶上的一棵榆树，落下了两片黄叶，她拾了起来，不由自主地、低低地念：

黄叶无风自落，

秋云不雨长阴。

天若有情天亦老，

摇摇幽恨难禁。

惆怅旧欢如梦，

觉来无处追寻。

夜很深，房子里静悄悄的。

老人眼光深邃地望着窗外的穹苍，小纹目不转睛地望着老人的脸。“爷爷，”小纹说，“婉君心里一定有个最爱的人，对不对？为了爱护那三兄弟，她才要紧紧咽住心里的秘密，对不对？”

老人瞬了小纹一眼，又调眼去看窗外。默然无语。

“他们总有一个会回来！”小纹痴痴地自语，“否则，婉君太可怜了！”老人叹口气，抚摸了一下小纹的头。

“傻孩子，这只是个梦而已。”

“第二个梦呢？”小纹急急追问，“快讲第二个梦给我听！”

“明晚，让我们继续说那第二个梦。”

第二个梦

哑妻

辛亥革命前二十年左右，北平城里。

这是个庭院很深的大宅子，包括三进房子和三个花园，门口有石狮子守门，黑漆的大门上挂着两个铜门环，门上方悬着一块金色的匾——逸庐。这是柳逸云的家。柳逸云是标准的书香世家，也是北平的望族。

在内花园里，正有两个少妇坐在一棵大槐树下刺绣，另外两个丫鬟垂手侍立着。这是一个仲夏的午后，树上，蝉鸣正喧嚣着，除了蝉鸣之外，一切静悄悄的。两个丫鬟摇头晃脑地直打瞌睡。

“哦——”突然，少妇中比较年长的一个轻轻地惊呼一声，挺直了腰，把手放在隆起的腹部上。

“怎样了？”较年轻的一个紧张地问。

“没什么，”前者微笑了起来，一种属于母性骄傲与喜悦混合起来的笑，“我觉得孩子在肚里练太极拳。他踹了我一脚，我几乎可以抓住他的小脚。”她用手在肚子上轻轻地抚摸着。

“噢，表姐，”年轻的一个说，“怎么我肚子里从来不动呢？”她也用手抚摸着肚子。

“你还早呢，你只有三个月，是不会动的，等到六七个月的时候，就会动了。”

针线被放在膝上，两个少妇热心地谈了起来。

“不知道是男孩还是女孩，”年长的一个说，“逸云已经快四十了，我也将近三十，这才是头一遭怀孕，希望能是个男孩子，如果是女孩，我就要给逸云纳妾了。”

“我也希望生个儿子，方家三代单传，现在，两个老人家都把希望寄托在我身上，巴不得我一口气给他们生十个八个孩子……”

“哈，生孩子又不是下小猪……”

“表姐！”

“噢，”前者为自己失言说出的粗话脸红了，“我们来算个卦，看看是男孩子还是女孩。”

“你一定是男孩子，你的肚子尖尖的。”

“表妹，”年长的一个，也就是柳太太说，“假若我们都生了儿子，我们要让他们结拜为兄弟……”

“对了，”方太太说，“我们表姐妹这样好，如果都是女儿，就结为姐妹，如果是一男一女……”

“就结为夫妇。”柳太太说。

“一言为定吗？”方太太问。

“当然！”柳太太严肃地说，从手上取下了一个玉环，递给方太太，“我们先交换信物，以后不许反悔哟！”

“哪一个反悔就不得好死！”方太太说，取下了脖子上的一条琥珀项链，郑重地交给柳太太。然后，两个妇人相视而笑，方太太握住了柳太太的手说：“表姐，从此，我们更亲一层了。明天我要回家了，下个月你到我家做客去。”

“挺着大肚子，怪不好意思的，等满月以后再去吧。今天我们说的话可得算数哟！”

“你们柳老爷不会反对吧？”

“什么话？当然不会！你们老爷呢？”

“也绝无问题！”

两个女人微笑地对望着，手握着手。两个孩子的终身就在她们握着的手里决定了。

柳太太生了个男孩子，取名静言。

方太太生了个女孩子，取名依依。

五年后，在同一棵槐树底下，两个女人又聚首了。方太太死命拉着柳太太的衣袖，一把眼泪一把鼻涕地说：

“表姐，你怪我好了，你骂我好了，我一定要悔婚！哪怕我应了誓，不得好死，我也要悔婚。我怎么想得到依依生下来是个，是个，是个哑巴！我不能毁掉你们静言一辈子，表姐，你给他另订一桩婚事吧！”

“表妹，慢慢来。”柳太太沉痛而严肃地说，“假如你们依依是个正常的孩子，我同意你悔婚，现在依依既然是个哑巴孩子，我们柳家绝不悔婚！表妹，你这一生也够苦了，唯一一个孩子又是残疾，老爷又三房四房地讨姨太太……你想想，依依如果不嫁给静言，将来难道做一辈子老姑娘？你自己也受一辈子气吗？我们柳家不是无信无义的，我们姐妹的交情也不止这些，是不是？表妹，我告诉你，静言除非娶依依，要不然我永不许他娶妻！"

"哦，表姐！"方太太喊了一声，抱住柳太太，失声痛哭。柳太太安慰地拍着方太太的肩膀，轻轻地说：

"放心吧，表妹，一切都是命中注定，老天自会有安排。"

柳静言坐在书房里，烦躁地望着面前的书本。革命带来一个新的世界，也带来了许多新的思想，但他却依然要牺牲在旧社会的指腹为婚之下。这是不公平的，但他却无法反抗。婚期已经择定了，就等着他去做那个倒霉的新郎。他从没有见过方依依，或者，在很小的时候，他们曾经一起玩过。反正，他对依依一点印象都没有，一个哑巴，凭什么他该娶一个哑巴呢？只为了母亲那个近乎儿戏的指腹为婚！近来，他看了许多翻译的西洋文学，他欣赏他们那种赤裸裸的恋爱，没有媒妁之言，更没有这种荒谬无比的指腹为婚！他的一些朋友，都拥有世界上最美好的娇妻，而他，从一落地起，就被命运判定了要有一个哑巴太太。他真想反叛这个命运，甚至想逃婚。受到新思潮的熏染，柳静言对于这许多传统的旧习惯都感到不满，尤其对于中国古老的婚姻制度。两个毫无感情、未谋一面的陌生人，就硬要在一夜之间结成夫妻，这确实是不合情理的！

“我要反抗！我要反抗！”他郁愤地想。

书房门被推开了，柳逸云走了进来，看到了父亲，柳静言立即站起身来，垂手而立，恭敬地喊了一声：

“爸爸！”

柳逸云在椅子里坐下来，他是个满腹诗书、有着顽固的旧脑筋旧思想的老人。在这个家庭里，他有着无比的权威和力量。望了柳静言一眼，他安静地说：

“静言，过来！”

柳静言向前面走了两步。

“明天起，不必到书房来了，”柳逸云说，“好好准备婚事，你知道，男婚女嫁，这是人生的一件大事，也是做人的义务。”

“是的，爸爸。”柳静言恭敬地应了一声，心中却在愤愤不平。准备婚事，还有什么要他准备的呢？除了做新郎必须自己去做之外，别的事大家早给他做了。他真奇怪，为什么他们不连新郎也代他做呢？

“关于你的这门婚事，”柳逸云沉吟地说，“我知道你心里不大愿意。但是你母亲和方家指腹为婚的，当初并没有料到依依会是个哑巴。我们读书人，以信义为重，绝不能因对方是个哑巴而退婚，你了解吗？”

“是的，爸爸。”

“现在，我告诉你，你必须娶方依依，这是做人的责任。假如你不喜欢她，你尽可以三妻四妾往家里娶，可是，方依依一定要做你的原配。”

"是的，爸爸。"柳静言应着，三妻四妾，他又何尝想要什么三妻四妾？他无法告诉父亲，他的思想和愿望，他愿意有一个感情很好的如花美眷，闺中唱和，白头偕老，一个就心满意足了！何必什么三妻四妾呢？

"你看，静言，"柳逸云认为他已经给儿子解决了心中的不快，点点头说，"做父母的不会让你受委屈，哪怕你头一天娶了方依依，第二天就要纳妾，我都可以同意。家里的丫鬟，你有中意的也可以收房。明白吗？"

"是的，爸爸。"

"好吧，现在到你母亲那儿看看去，不要整天闷在书房里，让你母亲担心。"

"是的，爸爸。"

柳逸云站起身来，从容不迫地跨出了书房。柳静言垂手恭送，等父亲走远了，他才颓然地坐下来，把书本狠狠地在桌上掷过去，喃喃地说：

"果真娶上七八个姨太太对方依依难道就算了了责任吗？她又何尝愿意做一个名义上的傀儡妻子！"

一星期后，婚礼如期举行，排场之大，陪嫁之丰，使路人为之侧目。一路上，新娘的花轿领先，后面跟着七八十抬陪嫁，鞭炮声，鼓乐声，热闹空前。花轿进了柳家的大门，宾客盈门，大家争着看新娘。新娘被喜娘搀了出来，凤冠霞帔，花团锦簇。颤巍巍地，由喜娘搀扶着行礼如仪。

交拜天地时，柳静言曾看了方依依一眼，喜帕盖着脸，无法看到面目，腰肢袅娜，娉娉婷婷，好苗条的身段！行完礼，参拜祖先牌位、父母、长辈。然后，在宾客的议论中，他不止听到十次“哑巴”的字样，像一根针扎在心里，他觉得一阵尖锐的刺痛。

请客、闹酒……一切都过去了。他被送进新房里，和新娘吃合卺酒。走进新房，他一眼看到新娘垂头坐在椅子里，喜帕依然遮着脸，两个喜娘侍立在侧。他看着她，一刹那间，竟失去揭起喜帕的勇气。谁知道在那喜帕后面，是一张怎样的脸！她除了是个哑巴之外，还有没有其他的缺陷？站在那儿，他迟迟不前。喜娘中的一个，对他点点头，鼓励地笑了笑。他终于走了过去，鼓起勇气，揭起了那一块遮在他们之中的屏障。一瞬间，他愣了愣，然后，完全出于下意识的动作，他用手轻轻地托起了新娘的下巴，仔细地凝视这一张脸。

长长的睫毛低垂着，由于被他托起下巴而吃了一惊，惶恐中，睫毛很快地抬起来，对他仓皇地扫了一眼，已经够了，这足以让他看清她那对澄清如水、光亮如星的眼睛。眉毛弯弯地覆盖在眼睛上方，清晰地显出两条处女的眉线。小巧的鼻子下是一张可怜兮兮的小嘴，那么小，那么柔和，那么秀气。白皙的皮肤，细腻、润滑，像一块水红色的玉石……他不可能希望再有一个比她更美的妻子了。一刹那间，他明白为什么方家在婚前不让依依和他见面，他们是存心要在洞房里给他一个惊喜，以弥补另外一方面的缺陷。他放下手来，轻轻地吐出一口气。两个喜娘都笑开了，于是，他糊糊涂涂地和新娘喝了交杯酒，又糊糊涂涂地发现，房间里的人都走光了，只留下了他和新娘两人。

好一会儿，他惶惑地站在那儿，不知道该怎么办好。终于，他走到她身边，对她微笑，她恐慌地看看他，显然比他更慌乱、更不知所措。

“你很美。”他赞美地说。

她茫然地望着他的嘴，就无助地垂下了头。他像遭遇到一下棒击，顿时明白她根本听不到他的话，她是个聋子。似乎所有的聋子都是哑巴，所有的哑巴，也都是聋子。但，事先，他并没有想到这一点，他没有料到她又哑又聋！他颓然地退后了两步，倒进椅子里。

“我的天！”他喃喃地叫。

看到他的表情，她明白了，她颦眉凝视了他一会儿，眼睛里有着悲哀的疑问，好像在惶恐地问他：

“你难道不知道？难道他们竟没有告诉你？难道你是被骗娶了我？”

柳静言望着面前这张脸，太美了，太好了！他无法相信，具有这么美丽的脸的人竟是个天聋地哑！他用手蒙住了脸，对冥冥中安排一切的神灵生气，他摇着头，自言自语地说：

“这是不应该的！她应该是一切完美的化身，这是不公平的！老天一定弄错了什么地方！”

看到他的嘴唇在动，她了解他在说话，却徒劳无功地想明白他在说什么。他脸上那个绝望的表情打击了她，她闭上眼睛，匆遽地低下头去，两滴泪珠迅速地沾湿了黑而长的睫毛。体会到在洞房内流泪是不吉利的，她竭力忍耐着在眼眶中打转的泪水。柳静言从自己的思想中觉醒了，立即明白自己的态度刺伤了她，他从椅子里站起来，走到她身边。虽然明知道她听不见，他仍然温柔地、怜悯地对她说：

“你很美，你也十分可爱，我知道你的缺陷，但是，你放心，”他轻轻地抚摸着她的面颊，“我会好好地待你的，不会弄许多妻妾来让你寒心。”他温柔地凝视她的脸，叹了口气，“你真美！”

她疑问而顺从地看着他，于是，他问：

“你会不会写字？”

她不解地对他瞪大眼睛。

“我真糊涂，”他喃喃地说，“我必须弄习惯不对你用言语。”

他做了个写字的姿势，她了解了，羞怯地点了点头。

“好吧，”他自语说着，“看样子，以后我们只能用笔交谈了，我可弄不惯指手画脚的交谈法。”

他对她温和地微笑，知道他没有鄙视和恶意之后，她以一种畏怯的、腼腆的神情望着他，别有一种娇羞脉脉、楚楚可怜的韵致。他心动地看着她的眼睛，把手轻轻地放在她的肩膀上。“该睡了吧，是吗？”他柔声问，望着桌上高烧着的两支红烛和火焰下堆着的两大朵烛花。

两个月过去了，柳太太惊喜地发现儿子竟非常满意于他的哑妻。他经常待在房间里，不大外出，也不常上书房。一天，一个小丫头看见他在给依依画眉，于是，合府都取笑起柳静言来，柳静言的异母妹妹静文笑着说：

“哥哥，你是不是学张敞呀？”

“别忙，”柳静言指着妹妹说，“总有一天，你的张敞会给你画眉的！”

柳静文顿时羞红了脸，仓促间想报复哥哥一下，立即毫不思索地说：

“妆罢低声问夫婿，画眉深浅入时无？可惜，我这个新嫂嫂没办法低声问哩！哥哥，她可是指手画脚地问吗？”

柳静言马上变了色，沉下脸去，转过身子，一言不发地走开了。从此，家中的人不敢在他面前提少奶奶是个哑巴，甚至于不敢暗示到这个上面来。柳静言喜欢他的妻子是任何人都知道的事。而这位新的少奶奶既不会说话，就和任何人都没有冲突，她又很懂得侍奉翁姑，彬彬有礼。因而，从上到下，对她也都很客气，但是，也有一些人在暗暗地嫉恨和鄙视她。

时间一天天过去，柳静言开始在他的哑妻身上发现了许多优点：温柔、顺从、娴静，还有一肚子的诗章。这天，柳静言和几个年轻的朋友有一个聚会，这是他婚后第一次和朋友们相聚，大家刚见了面，就互相打趣了起来，其中一个拍着他的肩膀说：

“静言兄，你的名字取得很好，静言，你就果然娶到一个‘静言’的妻子了。”

柳静言变了色，但另一个又大笑起来说：

“静言兄，这么久见不到你的面，大概忙着和娇妻‘默默谈心’吧！”

“你有没有学会手语？”第三个问，自己嘴里“咿咿唔唔”地学着，手上乱比了一阵，然后随口诌了两句打油诗，“娇妻漫抬莲花指，君情妾意两不知！”

“说说看，”第四个说，一面挤挤眼睛，“你们的第一夜怎么度过的？”

这些朋友原是和柳静言玩笑惯了的，可是，这次，柳静言却勃然大怒，他冷冷地说：

“请注意，谈话最好不要涉及闺阁。”

“怎么，”一个说，“你向来以新派自居，怎么也这样老夫子起来？”

“是的，”柳静言板着脸说，“我的妻子是个哑巴，这很好笑是不是？”

“哦，别提了，开玩笑嘛！”一个笑着说，过来拉柳静言，“坐坐坐！别生气。”

“开玩笑！”柳静言甩甩袖子，大声说，“为什么不拿你们的妻子来开玩笑？”说完，他气冲冲地转过身子，大踏步地拂袖而去。

回到家里，柳静言一直冲进自己房里。依依正在窗前刺绣，看到他满脸怒气地跑进来，就诧异地站起身子，默默地望着他。柳静言看了她一眼，摇摇头，长叹了一声，就躺在椅子里生闷气。依依走了过来，拿了一份纸笔，匆匆地写：“为什么生气？”

柳静言写：“为了你。”

“我做错了什么？”依依的大眼睛里盛满了惊惶。

“不是你错了，是老天错了。”柳静言写。

"老天怎么错了？"

"不该把你生成哑巴！"

依依执着笔的手颤抖了，过了好久，才写：

"谁给你气受了？"

"别提了，不相干的人。"

"是妹妹吗？你不要为我和妹妹生气好吗？"依依写着，脸上有着耻辱、伤心、难堪。妹妹指的是静文，她是柳逸云姨太太所生的女儿。柳静言审视着依依，抓起笔来写：

"静文欺侮了你吗？"

"没有！"依依惶然地写，"绝没有的事！她待我好极了！"

柳静言凝视了依依好一会儿，他明白，柳静文一定表示过什么。他开始了解，依依在他们家的地位是很难处的，这个大家庭，到处都充满了仇恨和嫉妒。父亲的三个姨太太都嫉恨他这个独子，而现在，他这个得宠的哑妻该是她们欺侮嘲笑的对象了。

"依依，我不许任何人嘲笑你！"他写，怜惜地望着他那楚楚可怜的妻子。

依依拿起笔来，大眼睛眨了眨，匆匆地写下去：

"静言，只要你待我好，我什么都不怕，以前在方家的时候，我受的气比这里多得多，我的异母弟妹们成天取笑我。现在，你对我这么好，我已经是置身天堂了。只要你不嫌我身有残疾，允许我终身侍奉，则我再无所求了。"

柳静言把她揽过来，轻轻地吻了她。

第二年春天，依依怀了孕。

这是柳家的一个大消息，柳静言是柳逸云的独子，现在，第三代即将来临了。柳太太高兴得整天笑得合不拢嘴，柳逸云也满面春风。柳静言自己是乍惊乍喜，要做父亲的新奇感和喜悦使他成日晕陶陶。依依顿时成了柳家的宝贝，柳太太马上下令不让依依做任何一点事情，连晨昏定省都要她省掉。厨房里整日忙着给依依做东西吃，什么燕窝海参的忙个没完。柳太太自己每天都三番两次地往儿媳妇房里跑，问这样，问那样。连累着三个姨太太也跟着跑。柳家的规矩大，姨太太等于是大太太的侍女，大太太到哪儿，姨太太必须追随侍奉。一时，下人们和姨太太们都怨声载道。

一天，柳太太到二姨太太屋里去，一进门，就听到静文在尖声尖气地说：

“这个哑巴现在变成凤凰了。谁知道生下个什么玩意儿来？八成也是个小哑巴！”

柳太太走进去，气得脸色发青，静文一看到柳太太，就短了半截，嗫嗫嚅嚅地喊了一声：

“妈！”

二姨太太也吓得站了起来，不敢说话，柳太太走过去，对着静文就狠狠地打了两个耳光，骂着说：

“我把你这个烂了嘴的丫头打死，赶明儿一定给你配个哑小子，看你还背后嚼舌头不？”说着，又气呼呼地对二姨太太说：“你养的好女儿！平常一点儿也不知道管教，学得这样尖嘴尖舌。孩子生下来，要有一点儿不对，看我不找你们算账！”

柳太太气冲冲地走了。依依又结下了一段解不开的怨。没多久，依依就发现，只要柳太太和柳逸云父子不在，她身后就有许许多多丫头下人们指手画脚，“咿咿啊啊”地学她，当了她的面嘲笑她。吓得她躲在屋里，再也不敢出来。

这天，柳静言从外面回来，才走进卧房，就看到依依靠在窗子前面流泪。看到了他，依依忙背过身子，拭去了泪痕，强颜欢笑来接待他。柳静言皱皱眉头，拿了纸笔写：

“发生了什么事？”

“什么事都没有。”依依写。

“别骗我，告诉我你为什么流泪？”

“我没有流泪，是沙子眯了眼睛。”

“我不信。”

依依望着他，沉吟了半天，才犹犹豫豫地写：

“别人告诉我，你娶我是因为爹答应你娶七个姨太太，是吗？”

柳静言望着她那微红的脸和微红的眼睛，“扑哧”一声笑了出来，他笑着写：

“不错。”

“那么，怎么还不娶哩！”依依嘟着嘴写。

“时候还没到呀，等你讨厌我、不要我的时候！”

依依抛掉了笔，投身在他怀里。这正是晚上，她散着一头浓发，胳膊放在他膝上。柳静言不禁想起古诗里的一首子夜歌：

宿昔不梳头，

丝发被两肩。

腕伸郎膝上，

何处不可怜。

他把这首诗写下来给她看。依依红着脸，深深地看着柳静言。然后拿起笔，写了一首乐府诗：

上邪！我欲与君相知，

长命无绝衰。

山无陵，江水为竭。

冬雷震震，夏雨雪。

天地合，

乃敢与君绝！

写完，她悄悄地望了柳静言一眼，又在诗边写了一行小字：

但愿君心似我心——行吗？

柳静言握住她的手。两人静静地依偎在窗前，望着月亮上升，望着满院花影，望着彼此的人、彼此的心。柳静言可以听到露珠从枝头上坠落的声音，檐前的一对画眉鸟在细诉衷曲，阶下有不知名的虫声唧唧。他渴望把这些声音的感受传给他那无法应用听觉的妻子，抬起眼睛，他望着她，她眼光清莹，神情如醉。他知道，他无须告诉她什么，她领受的世界和他一般美好。从没有一个时候，他觉得和她如此接近，好像已经合成一个人。

这年冬天，天降大雪，柳静言的大女儿在冬天出世了。那段时间，对静言来说，简直是世界末日。窗外飞着大雪，依依的脸色好像比雪还白。生产的时间足足拖了二十四小时，望着依依额上的冷汗，挣扎，惊悸，他觉得自己是个刽子手。家中的仆妇穿梭不停，母亲和姨太太们拼命把他往产房外面推。他奇怪母亲和姨太太们都一点儿不紧张，难道没有同情心，不知道他的依依正在生死线上挣扎？每听到产房中传来依依的一声模糊、痛苦的“咿唔”声，他就觉得浑身一阵痉挛。终于，当他开始绝望地认为，这段苦刑是永无终了的时候，产房中传出一声嘹亮的儿啼。他猛然一惊，接着就倒进椅子里。

“谢谢天！”他喃喃地说，一瞬间，感到生命是如此地神奇，一个由他而来的小生命已经降临了。他向产房冲去，一个仆妇开门出来，对他笑笑说：

“恭喜少爷，是个千……不不！少爷现在还不能进去，要再等一下！”

千金！一个女孩子！但是，管他是男是女吧，他只想知道依依好不好，仆妇笑得合不拢嘴：

“当然少奶奶很好，孩子也好，再顺利也没有了。”

这么久的痛苦，还能称作顺利？柳静言对仆妇生气，奇怪她们的心如此硬！然后，柳太太和姨太太们出来了，柳太太满脸沮丧，使柳静言一惊，以为依依还是完蛋了。但，柳太太只说：

“是个女孩子！”

“头一胎生女，下一胎保证生男。”大姨太说，于是，柳静言才明白，母亲的沮丧是因为生了个女儿。不顾这些，他冲进了房里，一眼看到依依躺在枕头上的那张脸，那么苍白，那么憔悴，大眼睛合着，有两滴泪水正沿着眼角滚下来。他又一惊，跑过去，握住了依依的手，一时间，竟忘了依依听不见，对她叫着说：

“你好吗？你没有怎么样吧！”

依依张开了眼睛，对他无力地看了一眼，就转头过去，望着床上的孩子。柳静言才发现那个裹在襁褓里的小婴儿，一张红通通的、满是皱纹的小脸。他好奇地看着那个蠕动的小生物，一时无法把这小生物和自身的关系联系起来，只觉得奇异和惶惑。但，当他俯身去审视这孩子时，父性已经在他心中温柔地蠢动了。他用手指轻触了一下孩子柔嫩的小脸，小家伙受惊地张开了眼睛，柳静言深吸了口气，惊喜地望着依依。然后，满屋子乱转，终于找到了一份纸笔，他眉飞色舞地写：

“孩子很漂亮，像你。”

他把纸条给依依看，依依抬了抬眉毛，眼睛里有着疑问，示意要笔，柳静言把纸笔递给她，她写：

“你喜欢她吗？”

“当然。好极了。”

依依脸上浮起一层欣慰的笑，又写：

“我很抱歉，下一胎或者会是男孩子。”

柳静言有点生气地抢过纸笔写：

“生孩子如此痛苦，我希望你再也不要生了。”

依依惶然，提起了笔：

“别胡说，我一定给你生个男孩子。”

柳静言叹口气，对依依摇摇头，温柔地笑笑。孩子突然哭了起来，声音清脆响亮，柳静言高兴地听着孩子的哭声，在纸上写：

“孩子的声音很好。”

“是吗？”依依写，脸上既关怀，又欣慰，“那么，她不会是个哑巴了？”

“当然。”柳静言拂开依依额上的头发。

“谢谢天！”依依写了三个大字，就如释重负地闭上眼睛，疲倦地入睡了。

孩子因为生在下大雪的日子，由祖父取名为瑞雪，但，全家都叫她雪儿。雪儿虽是个女孩子，可是，没多久，却也获得了上下一致的钟爱。主要因为雪儿长得美极了，一对黑白分明的大眼睛一如她的母亲，挺直的鼻子和神采飞扬的眉毛又活像柳静言。她是父母的结晶，综合了父母二人的优点。不过，在这个复杂的大家庭里，得宠并非幸事，姨太太们成天在依依背后，想抓住她们母女的错处。

这天，雪儿快满一周岁了，奶妈抱着她在院子里晒太阳。

柳静言走了过去，在雪儿背后叫：

“雪儿，来，让爸爸抱抱！”雪儿伏在奶妈肩上，对身后父亲的呼唤恍如未觉。柳静言突然打了个冷战，他示意奶妈不要动，走了过去，在雪儿身后大声叫：

“雪儿！”

雪儿依然故我，既不回头，也不移动，只专心地啃着奶妈肩上的衣服。柳静言感到心往下沉，一直沉到底下。发了半天呆，他从怀里取出一个怀表，放在雪儿的耳边，雪儿不动，他换了另一边耳朵试试，雪儿仍然不动。他收起表，沉重地走进房里，靠在椅中。依依正忙着给孩子做小衣服，看到他脸色不对，就用一对疑问的眼睛望着他。他取了纸笔写：

“我想带雪儿去看看医生。”

“为什么？”依依惶惑地写。

“我怀疑她耳朵有毛病，多半她是个聋子，那么，她也永不能学会说话了。”

依依骇然地站起身来，膝上的针线篮子滚在地下，翻了一地的东西。她冲出房间，找到奶妈，把雪儿抢了过来，抱进房里，茫然地望着她。她看看雪儿的嘴，又望望雪儿的耳朵，慌乱地摇撼着雪儿的身子。柳静言走过去，找了一个铜质的水盂，拿一根铁质的火筷，在雪儿耳边猛敲了一下，立即发出“当！”的一声巨响。雪儿正望着母亲笑，玩着母亲发边簪的一朵珠花，这声巨响对她丝毫不发生作用，她依然玩着珠花。柳静言颓然地丢掉水盂和火筷，倒进椅子里，用手蒙住脸，绝望地说：

“老天！老天！又是一个方依依！只是，她可没一个指腹为婚的柳静言。带着终身的残疾和耻辱，她这一生将如何做人呢？老天啊，这种残疾回圈遗传，要到哪一代为止？这是谁造的孽呢？”

依依紧紧地抱着雪儿，她知道柳静言的试验失败了，她有一个和她一样的女儿！望着雪儿那对黑白分明的大眼睛，那张美得出奇的小脸，她的面色变得惨白了。她把雪儿放在床上，自己扑在床边，把头放在床沿上，心中狂乱地呼号乞求着：

“上天哦，我愿意再瞎掉一只眼睛，代替我女儿的聋耳！不要让我的痛苦，再沿袭到下一代的身上！”

第二天，柳静言带雪儿去看了一个西医，证明了柳静言的猜测，雪儿果然是个聋子，因为听不到声音，也永不可能学会说话。柳静言问起这种病的遗传率，知道十分复杂。事实上，依依的父母都正常，如何依依会是聋哑，就要推溯到好几代之前去。而雪儿的后代，也不能保险正常，至于依依以后的子女，是正常抑或不正常，也说不定。带着一颗沉重的心，柳静言回到了家里。把雪儿交给依依，就把自己关进了书房里。

雪儿是个天聋地哑的乌云笼罩了全家，柳太太不住唉声叹气，怨天怨地怨自己，千不该，万不该，和方太太来什么指腹为婚。柳逸云把柳静言叫去，以责任为题，命他从速纳妾。柳静言对父亲默默摇头：

“爸爸，我既然娶了依依，又怎能让她独守空房？她也有心有情感有血有肉！”

“你已经对得起她了！”柳逸云厉声说，“你娶了她做原配，不是够了吗？就算她不哑不聋，你也可以纳妾，何况她又没生儿子！你知道，不孝有三，无后为大，我今年六十几了，我要看到我们柳家的后代！”

柳静言的纳妾问题，闹得阖家不宁。姨太太们幸灾乐祸，在依依后面指手画脚地嘲笑不已，柳静文撇撇嘴，不屑地说：

“早就知道她只会养哑巴孩子！”

依依在柳家的地位，从生了女儿起，就早已失去了往日的得宠。现在，又证实了雪儿有母亲遗传的残疾，依依的处境就更加难堪。姨太太们开始公然嘲笑，柳太太也见了她就皱眉，连下人们也都对她侧目而视。等到柳静言要纳妾的消息一传出来，依依就如同被打落了冷宫，整天抱着雪儿躲在屋里流泪。近来，柳静言干脆在书房里开了铺，几乎不上她这儿来，整日整夜都待在书房里。她明白，现在，不仅公婆不喜欢她，连素日对她恩重如山、情深似海的丈夫也已经遗弃了她。与她相依为命的，只有她那可怜的、甫交一龄的女儿。

这天，她抱着雪儿到内花园去玩，刚刚绕到金鱼池的旁边，就看到大姨太和二姨太在池边谈天，她想退开，已经来不及了，大姨太招手叫她过去，她只有抱着孩子走过去，大姨太把雪儿接了过来，对二姨太说：

“看，可怜这副小长相儿，怎么生成副哑巴坯子！”

“有其母必有其女！”二姨太说，望着依依笑。依依不明白她们说什么，也对着她们笑。大姨太说：

“哑巴也没关系，女孩子，长得漂亮就行了。”

“哼！我们这个少奶奶怎么样？够漂亮了吧？瞧她进门时那个威风劲，现在还不是没人要了！”

她们对依依笑着，依依已经领略到她们的笑里不怀好意，她勉强地对她们点点头，伸手想抱过雪儿来，大姨太尖声说：

“怎么，宝贝什么？我又不会把你这个哑巴孩子吃掉，你急什么？这孩子送人也不会有人要的！”

雪儿伸着手要母亲，大姨太把孩子往依依怀里一送，不高兴地说：

“贱丫头！和她妈妈一样贱！”

大姨太这句话才说完，从山子石后面绕过一个人来，怒目凝视着大姨太，大姨太一看，是柳静言，不禁吃了一惊。柳静言冷冷地说：

“依依什么地方贱？雪儿又有什么地方贱？说说看！”

“噢，”大姨太说，“说着玩的嘛！”

“以后请你们不要说着玩！”柳静言厉声说。转过头去，看到依依的大眼睛莫名其妙地看着他对姨太太们发怒，不禁长长地叹了口气。伸过手去，他要过孩子来，依依又惊又喜地把孩子交给他。他和依依回到了房里，关上了门。依依脉脉地望着他，眼睛里装满了哀怨和深情。柳静言又叹了口气，自言自语地说：

“谁该负责任呢？同样的生命，为什么该有不同的遭遇？老天造人，为什么要造出缺陷来？”

依依望着他，听不懂他的话，她匆匆地拿了一份纸笔给他，接过纸笔来，他不知道该写什么，只怜悯地望着依依发呆。依依在他的目光下瑟缩，低下头去，也呆呆地站在那儿。半天后，才从他手里拿过笔来，在纸上写：

“你不要我了吗？”

柳静言用手托起她的下巴来，她珠泪盈盈，满脸恻然。柳静言写：“谁说的？”

“妹妹她们说，你要另娶一个，把我送回娘家去，是吗？”

“胡说八道！”

“静言，别送我走，”她潦草地写，“让我在你身边，做你的丫头，请你！如果你赶我走，我就死！”他捧起她的脸，望着她的眼睛，然后战栗地吻着她，低声说：

“我躲避你，不是不要你，只是怕再有孩子，我不愿再让这种生命的悲剧延续下去！可是，我喜欢你，依依，我太喜欢你了！”

听不见他的话，但，依依知道他对她表示好感，就感激地跪了下去，把脸贴在他的腿上。

柳静言始终没有纳妾，他也从书房里搬了回来。这年秋天，静文出了阁，冬天，柳太太逝世，临终，仍以未能有孙子而引以为憾事。方太太来祭吊柳太太，在灵前痛哭失声，暗中告诉依依，必须终身侍奉柳静言，并晓以大义，要她为丈夫纳妾。依依把这话告诉柳静言，柳静言只叹口气走开了。

雪儿三岁了，美丽可爱，已学会和母亲打手语。柳静言一看到她嘴里“咿咿唔唔”，手上比手势，就觉得浑身发冷。一天，他在房里看书，雪儿在堆积木玩，他看着她。雪儿抬头看到父亲在看她，就愉快地打了个手语，嘴里“咿咿啊啊”了一大串，柳静言感到心中一阵痉挛，他的女儿！他的哑巴女儿！穷此一生，就要这样“咿咿啊啊”过去吗？听到这“咿啊”声，他头上直冒冷汗，打心里生出一种强烈的嫌恶和愤恨感。他神经紧张地望着雪儿，雪儿仍然“咿咿啊啊”，指手画脚地说着，他突然崩溃地大叫：

“停止！”

雪儿听不到父亲的声音，仍然在指手画脚。

“我说停止！”柳静言更大声地叫，一面回过头去找依依，依依正在床边做针线，看出他神色不对，她走了过来，柳静言对她叫：

“把这孩子抱开！”

依依抬起眉毛，询问地望着他，不明白他的意思，她做了个简单的手势表示疑问，柳静言爆发地喊：

“把你的孩子抱开，一起给我滚！知道吗？”看到依依仍然疑惑而惶恐地看着他，他觉得怒火中烧，抓住一张纸，他用斗大的字写：

“我不要再看到你们比手画脚，把你的哑巴女儿抱走！”

依依被击昏了，她惶惑而恐惧地看着柳静言，接着，喉咙里发出一声奇怪的、绝望的喊声，就冲过去，抱起正莫名其妙的雪儿，像逃难似的仓皇跑开。柳静言用手蒙住了脸，喃喃地说：

“天哪，我不能忍受这个！我无法再忍受下去了！”

这天晚上，他发现依依躺在床上哭得肝肠寸断，他抚摸依依的头发，叹息地说：

“我太残忍，太没有人性！”他吻她，“原谅我！”他说，她听不到，但她止了哭，脉脉地望着他，那对眼睛那么悲哀，那么凄恻，那么深情，又那么无奈！他觉得自己的心被她的眼光所揉碎了。

一星期后的一个晚上，她写了一张纸条给他：

“我又怀孕了，我希望是个正常的男孩子！”

他迅速地望着她，手脚发冷，心中更冷。依依对他含羞地微笑，仿佛在问他：

“你高兴吗？”

他提笔写：

“有人知道你怀孕吗？”

“没有，只有你。”

“几个月了？”

“快三个月。”

柳静言沉思地望着她，他知道这孩子会怎样，百分之八十又是个哑巴，就算万一正常，这孩子的下一代也不会正常。不！他再也不能容忍家里有第三个哑巴，不能让柳家养出哑巴儿了，哑巴孙子，哑巴世世代代！他提起笔，坚定地写：

“打掉他！”

依依大吃一惊，恐怖地看着他。

“不，”她写，手在颤抖，“我要这个孩子，求求你！他会很好的，我保证！我要他！不要打掉他！我求你！”

“打掉他！”柳静言继续写，“我去给你弄一服药来，我不能让柳家世世代代做哑巴！”

“不要！”依依狂乱地写，“我要这个孩子！我要他！我要一个正常的孩子！我求你！我求你！我求你！”

柳静言摇头，依依抓住了他的衣服，跪在他的脚前，哀求地望着他。他仍然摇头，依依死命扯住他长衫的下摆，把头靠在他身上，泪如雨下。他在纸上写：

“别怪我狠心，你忍心再生一个哑巴孩子到这个世界上受罪吗？理智一些，我去给你弄药来。”

他把纸条丢给她，狠心地把脚从她的怀抱里抽出来；依依发出一声绝望的低吼，跳过来要拉住他，他甩开她，走了出去。依依倒在地下，把头埋进手腕中，痛哭起来。

第二天晚上，柳静言拿了一碗熬好的药水走进来，闩下了房门。依依恐怖地看着他，浑身战栗。柳静言把药水放在桌子上，在纸上写：

“吃掉它，理智一点！”

依依发着抖写：

“我求你，发发慈悲，让我保住这个孩子，我从没有求过你什么，我就求你这一件事！我要这个孩子，他一定会正常的！”她泪水迸流，哭着写：“你打我，骂我，娶姨太太都可以，就请你让我保住这个孩子，我一生一世都感激你！”

柳静言感到眼眶发热，但另一种恐怖压迫着他，他坚定不移地写：

“他不会正常的，他将永远带着聋哑的遗传因素！你必须吃这个药，我命令你！”

他把药碗端到她面前，强迫她喝下去，她的眼睛张得大大的，带着无比的惊恐望着他，她的身子向后退，他向她逼近，直到她靠在墙上为止。她用一只冰冷的手抓住他，身子像筛糠般抖个不停，嘴巴张着，似乎想呼出她心中的哀求。他把碗送到她嘴边，她的眼睛张得更大，更惊恐，更绝望，里面还有愤恨，哀怨和凄惶。他把药水向她嘴边倾去，哑着声音说：

"喝下去！"

冷汗从她眉毛上滴到碗里，她仍然以那对大眼睛盯着他，然后，机械化地，她把药水一口口地咽进肚里。柳静言注视着她的嘴，看着她把全碗的药水都吞了进去，然后疲乏地转过身子，把碗放在桌子上。他感到浑身无力，额上全是汗。依依仍旧靠在墙上，面白如死，以她那对哀伤而愤恨的眸子望着他，就好像他对她是个完全陌生的人。这眼光使他战栗，他可以领会她眼睛中的言语，事实上，这眼光比言语更凶狠，它像是在对他怒吼：

"你是魔鬼！你是谋杀犯！你是刽子手！"

柳静言提起笔来，仓促地写：

"依依，请原谅我不得不出此下策！我害怕再有一个残疾的孩子，请谅解我！"

他把纸条送到依依面前，依依扫了一眼，惨然一笑，提笔写：

"丈夫是天，你的命令，我焉能不从？"

柳静言觉得像被刺了一刀，在这几个字的后面，他领略得到她内心的怨恨。他站起身来，踉跄着退出了房间，仰天呼出一口长气。

第二天凌晨，依依的孩子流产了，是个已成形的男胎。当仆妇、姨太太们以懊丧的神情告诉柳静言时，柳静言默然不语，好半天才问：

“依依怎么样？”

“很衰弱，流血太多，但是没有关系，马上会复原的。”

“叫厨房里炖参汤，尽量调补。”

“好的。”

柳静言走进房间，依依合目而卧，脸色惨白，黑而长的睫毛静静地覆盖着眼睛，一双手无力地垂在床边。柳静言在床沿上坐下来，用手轻轻地抚摸她的面颊，感到眼眶酸涩，他喃喃地说：

“依依，我对不起你！”

在他的抚摸下，依依张开了空洞无神的眼睛，漠然地望着他。他的泪水滴在她脸上，她寂然不为其所动。半晌，她做手势要纸笔，他递给了她，她在纸上潦草地写了几个斗大的字，就掷掉了笔，合目而卧。柳静言看那张纸上写的是：

“柳静言，我恨你，我恨透了你，但愿今生今世再也不见你！”

柳静言望着她，这原是个那么柔顺的女孩子！他站起身来，茫然地走出房间，走到花园里。幽径风寒，苍苔露冷，他一直站着，看着这古老的房子，这古老的家，古老的院落和古老的树木。在这房子里，有着仇视他的妻子，终身残疾的女儿，嫉恨他的妇人和强迫他生儿子的父亲！在这幢房子里，牺牲已经够多了！他对不起人，还是人对不起他？是他不对，还是命运不对？反正有什么东西不对！

天大亮了，曙光从树梢中透过来。他仰天大笑，然后走进房里，带了一个钱袋，离开了这幢有石狮子守着的大门。街上，一辆人力车拉了过来，他跨上车子，走了，没有人知道他到了何方。

三年后，依依收到柳静言一封信，地址是日本东京。

又过了三年后。

柳静言坐在他东京的住宅内，穿着和服，已习惯于盘膝坐在榻榻米上。在他旁边的榻榻米上，一个两岁大的男孩子正满地爬着玩。柳静言手中握着一沓信笺，沉思地、反复地翻阅着。

第一封信

静言夫君：

三年前不告而别，急煞家人，今日欣接来信，知君康健，阖府腾欢。老父近年来身患痰疾，时以独子远游为念。雪儿乖巧可爱，然亦知自身残疾，可怜可叹。三年来日日思维，深知君当日用心良苦，妾不察君心，未体君意，以致夫妇乖离，父子分散，实感愧无已。请君见谅，并可怜父老儿幼，早作归计，则妾不胜感激。客居在外，万请珍重！

依依手上

第二封信

静言：

接来信，知道你短期内无意回家。不知异国为客，生活习惯否？爹尚称健康，雪儿也好，请释念。家母三月前弃世，深思抚育之恩，未曾反哺一日，十分伤感。

雪儿已七岁，近闻有聋哑学校创办，拟送雪儿求学，然遭三位姨太驳斥。仍请早作归计，则是妾之幸，亦雪儿之幸。祝珍重！

依依手上

第三封信

静言：

回来好吗？我以前诸多不对，请你原谅，你不是无情寡义之人，想不会置我们母女于不顾。家中人口复杂，母女两人，身负残疾，生活至感困难，想你必能体会，请念往日恩情，早日归来。

近来每每深宵不寐，往事依依，如在目前，犹记得执手偎于窗畔，题诗“冬雷震震，夏雨雪”之事否？不知今日今时，“腕伸郎膝上，何处不可怜”者为阿谁？

思君念君，问君知否？

珍重珍重！

依依

第四封信

静言：

一年容易，今晚又是除夕了，还记得初婚第一个除夕，守岁至十二时之后，两人躲在卧室吃火爆栗子之事？

今晚，是谁在给你剥栗子呢？

家是这般可厌吗？还是有比家中一切力量更大的人羁绊着你？什么时候回来呢？记住：“早晚下三巴，预将书报家。相迎不道远，直至长风沙。”祝好！

依依

第五封信

绿杨芳草长亭路，年少抛人容易去。楼头残梦五更钟，花底离愁三月雨。无情不似多情苦，一寸还成千万缕。天涯地角有穷时，只有相思无尽处。

第六封信

秋风清，秋月明，落叶聚还散，寒鸦栖复惊。相思相见知何日？此时此地难为情！

第七封信

静言：

爹的病不大好，请早日回家，我准备给你买一个姨太太，一定会让你满意。

雪儿想爸爸，回来吧，她总是你的骨肉，是吗？

珍重！

依依

第八封信

爸爸：

妈妈想你，我也想你，你什么时候回来？给我带个洋娃娃，好不好？妈妈教我作诗画画，爸爸你回来了，我作诗画画给你看。恭请福安！

雪儿敬上

一声拉门的声音惊动了柳静言，他放下信笺。地下的孩子跳了起来，雀跃着跑到玄关去，嘴里嚷着：

“妈妈回来了！”

一个提着菜篮的、年轻的日本女人走了进来，梳着高髻，穿着和服，露着白皙的颈项。她看到柳静言在看信，就发出一声低喊，跑过去，坐在地下，把身子靠着柳静言，喊着说：

“你又在看那个女人的信了，你要回中国去吗？你不要回去，我肚里又有了！”

“别愁，”柳静言摸了摸那日本女人的肩，“绫子，我就是要回去，也要带你一起走！”

“可是不行呀，我不能跟你去的，我爸爸妈妈要靠我呀！”

“我们寄钱给他们。”

“不行不行，他们不肯的，我也不要到中国去！你不是真的要走吧？你是真的要走吗？”

“当然不是。”他安慰地说，望着绫子那对美丽的大眼睛，就为了这对眼睛，他喜欢了这个女孩子，这眼睛活似一个人：那个在北平古老的大宅子中的依依！在这一刹那，依依的影子如此鲜明，如此生动，好像就站在他的面前，清明如水的眼睛疑问地望着他，仿佛在问：

"你为什么不归来？为什么不归来？为什么不归来？"

柳静言离家十年了。

这天，一辆汽车停在柳家门口。一个风尘仆仆的中年男人下了车，在他身后，一个六岁大的男孩和一个三四岁的女孩跟了下来。这男人在那黑漆大门前足足站了三十秒钟，才回头对两个孩子说：

"小彬，小绫，跟我来！"

他一只手牵了一个孩子，走到门口，碰了碰那两个大的铜门环，两个孩子好奇地望着那守门的石狮子，女孩用柔柔软软的声音说：

"两个大狗！"

"不是狗！"男孩说，"是狮子！"

门开了。门里的守门老王呆了呆，大叫了起来：

"少爷呀！是少爷回来了！来人呀！少爷回来了！"老王一面叫，一面往回跑，扯开了喉咙喊，一时，下人们全拥了来。柳静言把两个孩子牵了进去，平静地和每个下人打招呼。三位姨太太现在只剩了两个。柳逸云已于一年前过世了。现在，大姨太和二姨太都闻风而来，二姨太尖叫着说：

"静言，真的是你回来了呀！"

大姨太则用非常好奇的眼光，打量着那两个孩子。柳静言对孩子们说：

"小彬，小绫，叫大姨奶奶、二姨奶奶！"

孩子们羞羞怯怯地叫了。大姨太说：

"噢，真可惜，我们老太爷没见到孙子，到底我们柳家有了孙子了呀！事先一点信都不给我们！"

突然，柳静言感到眼前一亮，一个十三四岁的少女娉娉婷婷地走了过来，垂着两条乌黑的大发辫，穿着一件月白绫子的旗袍，一对翦水双瞳，眉目如画。一刹那间，柳静言以为是更年轻的依依，但，马上他明白了。他冲了过去，不能克制自己的冲动，喊了一声：

"雪儿！"

雪儿凝视着他，他用两手抓住了她的手，怜悯地、疼爱地看着这张美丽的脸，又轻轻地叫了一声：

"雪儿！"

雪儿望着父亲，然后垂下头去，找了一根树枝，在地下写：

"你是我的爸爸？"

柳静言点点头，雪儿又看了他好一会儿，然后写：

"爸爸，你想死我们了！"

写完，她丢掉树枝，满眶热泪地对父亲扫了一眼，就跑进去了。这儿，下人们正把车子里的行李搬进来，又围着小彬、小绫问个不停。雪儿进去没多久，依依颤巍巍地来了，她站在那儿，笔直地看着柳静言。柳静言走过去，也默默地望着她。她十分憔悴，十分消瘦，唯一保持以前的美丽的，是那对眼睛，但是，由于盛载了过多和过久的忧愁，也失去了往日的光彩。在下人们的环视中，柳静言无法向依依表达他的心意，只能对她笑笑。招手叫过两个孩子，对孩子们说：

"这是妈妈。"

两个孩子以怀疑的眼光望着依依，小彬甩了甩头，傲然说：“不是的，她不是妈妈！”

“叫妈妈！”柳静言命令着。

依依打量着两个孩子，然后询问地看了柳静言一眼，柳静言做了个手势，表示这是他的孩子。依依点点头，一只手牵了一个孩子，转身向里走。柳静言注意到她转头的那一刹那，已凝住了满眼泪水。他无法分析她流泪的原因，是因为高兴还是不高兴？

这天晚上，柳静言和依依在灯下有一番很长的笔谈。孩子们都睡了，夜静悄悄的。窗外，古老的花园里有月光，有虫鸣，有花影，有风声，这就是柳静言在国外十年中，几乎日日梦寐以求的环境。在这次笔谈中，柳静言告诉了依依他在国外的事，绫子的事。依依只写了一句：

“她很美吗？”

“是的。”柳静言写。

依依不再写，柳静言看着她，她的脸色木然，多年的折磨，好像已经训练得她喜怒不形于色了，他简直无法看出她心中在想什么。他写：

“依依，这么多年，你过得好吗？我十分想你！”

“是吗？”这两个字写得很大，“真的想我吗？”她笑了笑，笑得非常飘忽，非常傲岸。然后写：“喜笑悲哀都是假，贪求思慕总因痴。想我吗？真的呢？假的呢？是真的，何必想呢？是假的，又何必骗我呢？要知道，我已不是当年的依依，你使我勘破情关，人生不过如此！想也罢，不想也罢，真也罢，假也罢，回来也罢，不回来也罢！我给你写过十封信，当第十封信唤不回你，我的情也就用完了！你懂了吗？”

柳静言为之骇然，这一段话对他像一把利刃，说明了他的无情。如今，他回来了，他又有什么资格向依依再要她的感情？依依站起身来，匆匆写了两句：

“我已经收拾好你的卧房，让翠玉带你去睡，翠玉原是为你准备的，你如要她，仍可收房。”

写完，就拍手叫进一个眉清目秀的丫头来，打了手语，要那丫头带他出去。他不动，定定地望着依依，然后写下几个字：

“在国外十年，朝思暮想，无一日忘你，今日归来，你竟忍心如此！”

“若真心念我，请在以后的岁月里，善待雪儿！此女秉性忠厚，温柔宁静，才华洋溢，皆远胜我当年。可惜数年前送学校受阻，否则今日，或者可以说话了。你既归来，我的责任已了，但愿能好好休息一段时间。”

这些话，柳静言感到有点像遗嘱，一阵不祥的感觉笼罩了他。依依的神情冷漠，态度飘忽，使他无法看透她，但他知道，没有言语能使她动心了。站起身来，他跟着翠玉走出了房间。

回家一星期了，他发现依依在躲避他，相反地，雪儿却经常跟在他身后。一天，他和雪儿笔谈，他写：

“妈妈在恨我吗？”

“不，她爱你。”雪儿坦白地写，“小彬和小绫使她难过，她嫉妒他们的妈妈！”

“是吗？”

“就会过去的，爸爸，妈妈只是生你气，几天之后就会好了。”

但，几天之后并没有好。一个月之后，依依病了，卧床三天，不食不动，群医束手，不知道是什么病，只说体质孱弱，虚亏已久，郁结于心，恐怕不治。第三天晚上，她把雪儿叫去，不知谈了些什么。第四天清晨，在柳静言的注视下，溘然而逝。临死曾目注柳静言，似乎有所欲言，但，她终生都没有说过话，最后，她依然无法说出心里的话，带着满心灵的创伤，默默地去了。死时才刚满三十五岁。

依依死后，柳静言十分消极颓丧。没多久，他就发现自己很依靠雪儿，他的饮食起居、日常用品，全是雪儿料理。他没想到的，雪儿代他想到。天冷了，雪儿为他裁冬衣，天热了，雪儿为他制夏装。她不但照顾父亲，也照顾两个小弟妹。日子在雪儿的照顾和柳静言的消极下，平静地滑过去。

这天，柳静言在书房里，发现他的一双小儿女正拥抱着哭泣，这使他大大地震惊。他揽过他们来，问：

“怎么回事？”

“我要妈妈。”小绫说。

“爸爸，我们回日本好吗？”小彬说。

“怎么了？在这里不好吗？”

“他们叫我们小杂种！”小彬说，“还叫我们东洋鬼，爸爸，什么是小杂种？什么是东洋鬼？”

柳静言愣住了，顿时浑身冒冷汗，他生气地说：

“谁叫你们小杂种？”

“所有的人，”小彬说，“只有哑巴姐姐不叫。”

“我会去骂他们，以后不会有人叫你们小杂种了。”柳静言说，安慰地抱着他心爱的两个孩子。

这一年北平城有个十分轰动的画展，开画展的是个很年轻的女孩子，刚满十七岁，一个小小的混血女郎，名叫柳绫。和柳绫的画同时展出的，还有她姐姐柳瑞雪的十幅画，柳绫画的是没骨花卉，柳瑞雪则是工笔花卉，格调用笔完全不同，却各有千秋。一时，成了一般人谈论的物件，柳家两姐妹，被誉为柳氏双英。

画展的成功，成了柳家的一大喜事。柳静言心满意足，整日和两个女儿谈天画画，生活也还平静自得。可是，这年正是抗日的高潮，七七事变一发生，战云密布，人心惶惶。这天，读大学的柳彬气冲冲地跑了进来，把一张报纸丢在桌上，柳静言拿起来一看，有一段消息的标题是：

论才女柳绫的血统——

日本艺伎之女，何容我等赞扬？

底下是一段内幕报道，略谓柳绫是一个中国世家子和日本艺伎的私生女，对社会恭维柳绫大加抨击。柳静言放下报纸，长叹一声，柳彬昂了一下头，大声说：

“爸爸，我们到底是日本人还是中国人？”

“当然是中国人。”

“可是，学校里的同学叫我日本人，要抗我！家里那两个老东西叫我杂种，甚至说我不是柳家的人，出身不明，要来冒承柳家的财产……爸爸，这种生活我受不了！”

“这是我造的孽。”柳静言黯然说。心中无限惨然，他对这个世界觉得不解，对生命感到茫然。雪儿年已三十，只为了是哑巴，就只有让青春虚度。剩下的两个正常孩子，又出了新的问题，早知如此，为什么要制造生命呢？

“爸爸，”柳彬说，“妈妈是个艺伎吗？”

“是的。”柳静言点点头，“是个非常好的女人。”

“爸爸，什么是好？什么是坏？什么是对？什么是错？爸爸，我不能忍受了！你救救小绫，不要让报纸再写下去！这世界是乱七八糟的！人生的问题也是乱七八糟的！我反而羡慕姐姐，平静，安详，与世无争，她是个幸福的人！”

“她有她的不幸。”柳静言说，“孩子，记住，你要控制住你的命运，不要让命运控制你！我的一生，就受尽命运的播弄，造成一个又一个的悲剧！孩子，好自为之！”

第二天，柳彬留书出走了，书上只有两句话：

爸爸，我去创造我的天下去了。

儿留。

柳静言已经是个老人了，独子出走，似乎在他意料之中。

但，那份寂寞和哀愁，却非外人所了解。半年后，他的小女儿柳绫和一个艺术家相偕私奔，那艺术家丢下了他的妻子，小绫丢下了她的老父，天涯海角，不知所终。这件事严重地打击了柳静言，一夜之间，他须发皆白。

在那幢古老的房子里，死的死了，走的走了。日月依然无声无息地滑着，人事却几经变幻！柳静言老了，日日坐在书房中发呆，伴着他的，只有那个从不说话的雪儿。她沉默地侍候着父亲，生活起居，一切一切。没有怨恨，没有厌烦。宁静，安详，好像这就是她的命运、她的责任和她的世界。

这天晚上，雪儿给父亲捧来一碗参汤。柳静言望着雪儿，这孩子长得真像她的母亲！一刹那间，他强烈的思念起依依来，那些和依依生活的片段，都恢复到他的脑中。洞房中，初揭喜帕后的乍惊乍喜，镜前描眉，窗下依偎，雪儿诞生，以及他强迫她堕胎……种种，种种，依然如此清晰，恍如昨日。他站起身来，踱到窗前，不禁朗吟起苏轼的悼亡之句：

> 十年生死两茫茫，不思量，自难忘。千里孤坟，无处话凄凉。纵使相逢应不识，尘满面，鬓如霜。……

叹了一口气，他回过头来，一眼看到雪儿站在桌前，正在为他整理桌上的书本和笔墨。他想起依依、绫子、小彬、小绫，这些亲爱的人，都已经离开了他。有的，已在另一个世界，还有的，却在世界的彼端。遗给他的，只有属于一个老人的东西，空虚、寂寞和回忆。可是，雪儿却伴着他，这可怜的哑巴女儿！难道她不感到空虚，不叹息青春虚度？走到桌前，他提笔写：

“雪儿，你陪着我，守在这个老宅子里不觉得生活太单调了吗？爸爸对不起你，应该给你配门亲事的。”

雪儿静静地看着这两行字，然后，她抬起头来，大眼睛清澈如水，对父亲柔和地看了好一会儿。然后，她坐下来，提起笔写：

“爸爸，记得妈妈临终的那晚吗？她曾经叫我去，我们一半用手语，一半用笔谈，她对我讲了许多话。她告诉我，要我终身不嫁。她说，我必须屈服于自己是个哑巴的命运，如果我结婚，只有两种可能，一是嫁了个有情有义的人，就像妈妈碰到你。结果如何呢？弄得双方痛苦，夫妇分离。一是嫁了个无情无义的，那么，后果就更不堪设想了。而且，妈妈说，有一天，你会非常寂寞，她要我在她的床前发誓，终身不离开你。我发了誓。爸爸，妈妈早就知道会有今天的，她一定有一种能知未来的本能，知道弟妹们会离开你，知道你会需要我。爸爸，我何必嫁呢？我满足我的生活，照应你，像妈妈所期望的，我会感觉到妈妈也和我们在一起。你、妈妈，和我。这是你离开十年中，妈妈天天祈求的日子。”

雪儿放下笔，仰脸望着柳静言，她嘴边有个宁静的微笑，但眼睛中却含满了泪水。柳静言扶着桌子，望着雪儿写的这一番话，他泪眼模糊，心里在反复叫着：

“依依！依依！依依！”

他一直以为依依到临死还恨他，殊不知她已为他安排到几十年之后！在她嫁给他的十五年中，他给了她些什么？十年的独守空帏，十年的刻骨相思。她写信求他回去，但他却流连于日本，流连于另一个女人的怀里。而她，给了他她整个的生命，整个的感情，临走，还为他留下了一个雪儿。

“依依！依依！依依！”

他叫着，踉跄地奔到窗前，仿佛以为依依的幽灵会在窗外。依依临终前那段时间的冷淡犹铭刻心中，是的，她怨他为了另一个女人不回来。可是，她咽气前那一刹那，曾有所欲言，难道是要告诉他，她已原谅了他？她爱他？

“依依！”

他叫，但窗外没有依依的影子，这是深秋时分，园中月光凄白，落叶满地。他想起依依以前寄给他的词：

> 秋风清，秋月明，
> 落叶聚还散，
> 寒鸦栖复惊。
> 相思相见知何日？
> 此时此地难为情！

好了，第二个梦已经完了。

夜深了，风大了。老人结束了他的第二个梦，少女仰起脸来，意犹未尽地望着老人。

“后来呢？”她问，“后来怎么样了？”

“后来，”老人空虚地笑笑，“没有人知道后来怎么样了。”他站起身来，拍拍少女的头：“起来吧，小纹，夜深了，该去睡了。明天晚上，我再告诉你第三个梦。”

第三个梦

三朵花

一九三八年，重庆。

黄昏，街道上拥挤着熙来攘往的人群。

三个穿着旗袍的少女，腋下夹着书本，并排从人行道上走过去。一群青年学生和她们擦肩而过，不由自主地，好几个人都站住脚，回头对她们再看上一两眼。

“章家的三朵花。”一个瘦瘦长长的学生说。

“三朵花？”一个眉目英挺的青年疑问地说。

“你真是新来的，连三朵花都不知道，你问问重庆每一个大学生，看有没有人不知道三朵花的！”另一个笑着说。

“到底怎么回事？”那英挺的青年问。

“告诉你吧，那是三姐妹，都是重庆大学的学生，重大学生称她们为三朵花。老大是一朵莲花，清香，雅丽，可是长在水中，采不到手，要采它就得栽进水里去。老二是一朵木棉花，红艳，脱俗，可是，高高地长在枝头，没有人采得到它。老三是一朵玫瑰花，最美，最香，最甜，可是，刺太多，会扎手！”瘦子说。

“哈！有意思！”那漂亮的青年说，“她们叫什么名字？”

“怎么，你有胆量去碰钉子吗？那你就试试看，包管你碰得头破血流！老大叫章念琦，老二叫章念瑜，老三叫章念琛。老大在历史系三年级，老二是物理系三年级，老三是外语系，才一年级。”

“你知道得真清楚！”

“谁不知道她们三姐妹！”

“唔，三朵花，我就不相信这三朵花是采不下来的！除非她们不是女人！”

“她们是女人，但不是凡人！”一个戴眼镜的学生老气横秋地说，“她们是奇异的、反常的、超俗的。但是，我不知道她们的前面有什么，一切事物，如违背常情，都是不祥的！”

三姐妹停在家门口。

章念琛打了打门，扬着声音叫：

“周妈，开门啦！”

门开了，三姐妹鱼贯而入，老大章念琦望着周妈，那是她们家的老用人，在她们家里工作已经二十年了，虽然头发斑白，却精神矍铄。章念琦抬抬眉毛问：

“妈在做什么？”

“画画。”周妈说，微笑着，“画得才起劲呢！”

“妈都快五十了，还这么努力，我希望能有妈的用功精神！”章念瑜说，脸色显得庄严肃穆。

“二姐，你已经用功过度了，还嫌不够呢，”章念琛说，“当心变个大近视眼！”

“近视眼又有什么关系？只要真能念出点成绩来，为女人争口气，也为妈争口气。”

“二姐的志愿最大了，想拿诺贝尔奖奖金？”

“就是想拿诺贝尔奖奖金又怎么样？小妹，我告诉你，学问比什么都重要，人生唯一靠得住的东西，就是学问。只是人生太短暂了，真不知穷我这一生，可以念多少书！”

“生也有涯，学也无涯，”章念琦笑着说，“以有限的生命，追求无穷的学问，我怎能懈怠一分一秒？放松一丝一毫呢？”这几句话原是章念瑜的口头语，章念琦用来取笑章念瑜的。

“真的是这样。”章念瑜严肃地说。

“二姐的个性最像妈，”章念琛说，“将来一定会成功的。”

三姐妹走进了屋里，这幢房子不大，一共只有五大间、一小间。姐妹三人一人一间，剩下的是一间客厅和一间章老太太的房间。周妈住那个小间。一家主仆五人，全是女性。姐妹们穿过中间作客厅用的堂屋，一窝蜂拥进了章老太太的房间。章老太太年龄并不太大，但看起来却十分苍老，有一对年轻时一定很美丽的眼睛，如今显得深沉冷漠和严肃，高鼻子，尖下巴，一目了然是个个性坚强、精明干练的女人。她正倚案画画，女儿们进来后，她抬了抬头说：

“在院子里谈些什么？”

“谈念书，谈前途，谈诺贝尔奖奖金。”章念琛说。

“唔，”老太太望了章念琛一眼，“琛儿太浮，要多跟二姐学学。”

章念琦走到母亲桌子旁边，看章老太太的画，叫着说：

“妈，你画的这个丑八怪是什么东西？”

“这画的是钟馗捉鬼。”章老太太说。

“妈怎么想起画钟馗捉鬼来的？”章念琛问，和章念瑜一起围到桌子旁边去看。章念瑜皱着眉：

“妈，这个被钟馗捉住的小鬼好面熟哦，这是一个什么鬼呀？我没看过钟馗捉鬼传。”

“这个鬼在钟馗捉鬼传里没有的，”老太太沉着脸说，“这是负心鬼！薄情鬼！忘恩负义鬼！”

“哦，”章念琦恍然大悟地说，“你画的是爸爸，怪不得我觉得面熟呢！”

“爸爸？”老太太厉声说：“谁是你爸爸？”

“我是……”章念琦嗫嚅地说，“你画的是那个混账男人！那个丢开我们母女四人于不顾的混账男人！”

“这还差不多，”老太太说，严厉地看着三个女儿，“记住！你们没有父亲！你们没有父亲！你们由我一手带大，让你们读书、受教育，你们的母亲是我！父亲也是我！”

“是的，妈妈，”章念瑜说，“妈，你放心，我们绝不会辜负你的苦心。”

章老太太的脸变得柔和了，她慈爱地环视着三个女儿，放下了画笔，在椅子里坐下来，伤感而恳切地说：

“不要忘了，世界上的男人，没有一个靠得住的，没有一个不把女人当玩物，你们三个，千万别步上我的后尘！不要理男人，不要相信他们的花言巧语，不要受他们伪装的面目所欺骗！记住，他们说爱你，在你面前装疯装死，全是要把你弄到手的手段！男人全是一群魔鬼！等到玩弄够了，他们会毫无情义地甩掉你！……你们都大了，长得又好，现在已都成了男人的猎物，你们记住，要机警，要理智，千万别上那些臭男人的当！”

“妈妈，你放心好了，”章念琛说，“谁敢惹我，我一定给他点颜色看！”

“男人，”章念瑜说，“我就从来没有正眼看过他们一眼，我的时间，念书还来不及呢！”

“妈，打我们念头的人才是傻瓜呢，”章念琦说，“我们有的是摆脱他们的办法，现在，他们早就不敢来惹我们了，他们已经领教我们不好惹了。”

“好的，”老太太点点头，笑了，“我相信你们都是很聪明的。把书念好，要靠自己，不要靠男人！永远不要恋爱，不要结婚，做个新时代的新女性。男人，是一群最自私、最可怕、最恶毒的魔鬼！”

雾，弥漫在四处，浓得散不开。

章念琦匆匆地向校门口跑，她最怕碰到这种大雾的天气，街上，车子开得那么慢，人在三尺以外就看不清楚了。好不容易到了学校，已经注定迟到了。学校在沙坪坝，距家有一大段路，要坐公共汽车，真是够麻烦。走进校门，她加快了步子，猛然撞到一个人身上，书本散了一地，她收住脚，站定了。对面那个人在雾蒙蒙中站着，有点惊讶、有点惶惑地望着她。

“章念琦，是你！”他说。

“你走路怎么走的？”章念琦说，事实上，她明白多半是自己的错。这个男人皱了皱眉毛，似笑非笑看着她，她觉得他那对眼睛也是雾蒙蒙的，看得人心里不舒服。他个子瘦而高，眉目清秀，一袭蓝布长衫，潇潇洒洒。这是国文系四年级的杨荫，她认识他，还是因为他曾在壁报上写过一篇论诗词歌赋的文章，使她震惊于他的才气。但是，其他方面，她对他毫无兴趣，平常见了面，点个头而已。

“我根本没有走路，”杨荫慢吞吞地说，“我是站在这儿看雾。”

“那么，你不应该站在通路上看雾。”

“可是，”杨荫望着她，又皱了一下眉，一脸的啼笑皆非，“我以为这里不是通路。”

她四面一看，可不是吗，这儿是教室前面的树荫下，平常，大家都在这树荫下休息的。她看看他，不由自主地笑了起来，杨荫也笑了。她蹲下身子去捡书本，他也蹲下身去帮她捡，书本捡好了，他把他手里的那一沓递给她，她接了过来，情不自禁地望着他。他的笑容收敛了，他的眼睛里有一种迷茫的、荡人心魂的地方，于是，她怔住了。他们对视了四五秒钟，她才猛然低下头去，把书本整理了一下，站起身来，匆匆忙忙地说了一声：

“谢谢你。”

就转过身子，像逃避瘟疫一样跑开了。跑了老远，她再回头来，在雾中，她可以辨出他瘦长的影子正缥缥缈缈地浮在雾里，模模糊糊，朦朦胧胧。她站住，把手压在跳得十分不稳定的心脏上。

我今天中了邪了。她想，向前面走去。

第二天下午，她下了课，单独走出校门，这天，章念瑜和章念琛都没课，她也只有一节，时间还早，校门口一片耀眼的阳光。她才走出校门，一袭蓝布长衫拦住了她的去路。她抬起头来，接触到杨荫那对若有所思的眼睛，她感到心中一阵莫名其妙的激荡，顿时沉下脸来。

“你干什么？”她问，盛气凌人地。

他望着她，有点错愕。

“到校门口茶馆去坐坐，怎样？”他问，毫不在意地，自自然然地。

“没那个雅兴！”她冷冰冰地说，越过杨荫，昂着头向前面走去。才走了几步，杨荫赶了上来，那袭蓝布长衫再度拦在她的面前。

“别忙！”他说，盯着她，“我得罪了你？”他问，带着固执的、倔强的、被刺伤的神情。

“没有，”她傲然说，“只是，你找错物件了。”

她又想往前走，但他拦在那儿，像一座移不动的山，他的眼睛狠狠盯着她。

“是吗？章小姐？”他说，“不过，我要告诉你，我对你没有一丝一毫恶意，请别太高估了自己，也别太低估了别人，请吧！小姐。”

他让过身子，大踏步走进学校。她却愣在那儿，足足站了半分钟。

第三天，她在校中碰到杨荫，远远地，他就避开了。没有点头，没有说话，她感到一阵说不出的、怅然若失的感觉。

第四天，一天没碰到杨荫，好像有点异样，日子是烦躁的、讨厌的、难挨的。

这天晚上，章念琦到章念瑜的房里去，后者正埋在一大堆书本中，忙碌地做着笔记。章念琦默默地站了一会儿，才喊了一声：

“念瑜！”

“什么？”章念瑜头也不抬地问，在书本上用红笔勾了一大段，章念琦等她勾完，才说：

“放下书，我们去看场电影，怎样？”

“胡闹！”章念瑜说，沉吟地望着书本，忽然摇摇头说，“参考书不够，明天还要到图书馆去借两本。”

“书呆子！”章念琦没好气地说。

“别闹我，大姐。”章念瑜说，“我今天晚上一定要把《电学》这一章弄弄清楚。”

“书里到底有什么？你看得这么起劲？”

章念瑜抬头看看姐姐，皱皱眉。

“有前途，有生命，有快乐，有一切一切！”门口传来一个清脆的声音，是章念琛。她跑了进来，一把拉住章念琦说：

“大姐，你就别去闹这个书蛀虫吧！人不该剥夺他人的快乐，你要看电影，我陪你一起去。”

姐妹俩走出了家门，章念琛说：

“大姐，我要问你，这两天你魂不守舍，可别被什么混账男人引动了心！”

“胡说八道！”章念琦懊恼地说。

“大姐，我今天收到一封情书，就是我们系里那个外号叫黑人的家伙写的，他说我再不理他，他就要从临江路跳进嘉陵江里去。你看，男人真像妈说的，既下作又装腔！为了骗女人，什么话都写得出来！你猜我怎么办，我把他那封伟大的情书在教室里朗读一遍，然后冲着他说：‘我到下辈子也不会理你，要跳嘉陵江，现在就去跳吧！’结果，全班哄然大笑，他也没跳嘉陵江。”

“你做得也太过火了，”章念琦说，“做人，总得给别人留点面子。”

“留面子？给男人留面子？哎呀呀，好姐姐，你别真的被男人蛊惑了，妈是我们的好榜样，男人是女人的敌人，对男人没有面子好讲的！”

她们看了一场电影，是轰动一时的《铸情》，瑙玛·希拉和李思廉·霍华主演的，也就是莎士比亚的名著《罗密欧与朱丽叶》。瑙玛·希拉美得出奇，演来生动婉转，荡气回肠。最后殉情一幕，动人已极，博得满院唏嘘。从电影院里出来，姐妹两个都十分沉默。夜深了，两人安步当车向家里走，章念琦说：

“像《铸情》这种事，是真的有吗？”

“小说而已！”章念琛说，“不过，罗密欧痴得蛮可爱，我就不相信世界上会有罗密欧这种人！”

“假若有呢？”章念琦沉思地问。

“大概你会爱上他吧！”章念琛取笑地说。

回到家里，已快十二点了，章老太太正十分不安地等着她们，看到她们回来，就以严峻的眼光看着她们，非常不高兴地说：

“看什么电影？看得这么晚？”

“《铸情》。”章念琛说。

“这是个什么电影？”章老太太皱着眉问。

“一个恋爱片。”章念琛说着，把故事大略讲了一讲。章老太太紧锁着眉，点点头说：

“就是这些搂搂抱抱的外国片子，把女孩子都勾引坏了。哼，自古来，殉情的女人倒是不少，殉情的男人有几个？这种电影全是骗人的！男人！男人！男人！没有一个是有情感的，全是些野兽！孩子们，注意注意，千万别上男人的当呀！”

“妈，你放心好了，”章念琛说，“我们绝不会掉进男人的圈套里去的。”

“去睡吧！”老太太说，“天不早了！”她的目光停留在章念琦脸上：“琦儿，有什么事吗？”

“什么都没有。”章念琦匆忙地说。

“那么，去睡吧！”姐妹俩经过章念瑜的房间时，里面灯火光明，章念琛推开门，探了探头：

“书蛀虫！别看了，当心明天早上又喊头痛！”

“别吵，”章念瑜头也不抬地说，“我快要研究出结果来了，不能放手。”

“真是书呆子！”章念琦说，和章念琛相对笑笑，摇摇头。

章念琦坐在校园的浓荫之中，膝上放着本《通史》，眼光却茫然地仰视着树梢上颤动的树叶。四周静悄悄的，没有一个人，也没有一点声音。章念琦出神地想着，想得那么出神，以至于没有听到走近的脚步声，直到一个人影在她面前摇晃，她才吃了一惊，看清了来人是谁，她不禁轻轻地惊喊了一声：

“啊！”

那个男人显然也吃了一惊，并没有料到这树荫中会有人坐着。他呆了一呆，就对她微微地颔了颔首：

“对不起，打扰了你。”他说，转过身子要走开。但，只走了两步，他停住了，回过头来看着她，他的眼睛显得深思而迷惑。然后，他又走了回来，在草地上坐下来，用手抱住膝，深深地望着她。她脸红、心跳、神魂不定。一种类似喜悦和期待的情绪控制了她，与这情绪同时俱来的，是紧张、不安、恐惧。

“章念琦，”他轻声说，温柔地，宁静地，“你不要怕我，我不会伤害你。”

章念琦继续坐着，不动，也不说话，只犹豫地、定定地望着面前这个穿着蓝布长衫的男人。他的眼睛多柔和，如诗，如梦。为什么自己竟逃不开这个男人？

“章念琦，”杨荫微蹙着眉，研究地看着她，“你到底怕些什么？相信我，我没有恶意。”他叹了口气：“你不知道，你像一只在雾里迷失的小兔子，我本想不管你，真的。可是，你是在迷失，你的眼睛茫然无助。我能不能帮助你？帮你找到你的方向。”

章念琦觉得她自己被催眠了，杨荫恳切的语气使她心惊肉跳。下意识中，她内心有个小声音在提醒自己：“不要上他的当，不要上他的当！”但，她浑身无力，连运用思想的力气都没有，只能默默地看着面前这个男人。

“你在想些什么？”杨荫问，不解地看着她那对张皇失措的眼睛，“章念琦，告诉你，我并不可怕。你不能一辈子逃避现实，试试看，如果你愿意，我们可以好好地谈谈。”

章念琦瞿然而惊，她猛然打了个冷战，站起身子来喑哑地说：

“我们没有什么话好谈，再见！”

她仓皇地跑走，杨荫在她身后喊她：

“你忘了你的书！”

她站住，回过头来，杨荫拿着她的书走过去，停在她的面前，静静凝视着她。她忘了接书，仰着脸，迷惑地、茫然地、恐惧地站着。他伸出手，轻轻地放在她的面颊上。

“念琦，”他的声音低而柔，一直喊进了她的内心深处，“我爱你，许久许久了，你知道吗？”他的手指慢慢地从她的鼻梁上滑下去，“不要躲避我，不要禁闭你自己。我爱你，爱是没有害的，相信我，我不会伤害你。别怕，别折磨你自己，行吗？”

她的腿发软，头发昏，眼光模糊，没来由的泪水模糊了她的视线，她的手无力地扶住了身边的树枝，费力地和自己挣扎。

“请你走开，让我一个人在这儿，”她颤抖着说，“请你走开！”

“念琦，”他喊，他的手拉住了她的，他的眼睛热烈明亮，“念琦，念琦！”他把她拉过来，她靠进他的怀里，感到他那男性的手臂那么有力地圈住了她。一瞬间，她觉得这儿才是她的世界，温馨、甜蜜。她的头倚在他的蓝布大褂上，可以听出他那不稳定的心跳。她抬起眼睛，立即看到他的眼睛，包含了那么多柔情、关怀和怜恤。她叹了口气，模糊地说：

“杨荫……”

杨荫用手托起她的下巴，把头俯了下去，章念琦望着他的脸对自己压下来，猛然惊喊一声，挣脱了他的怀抱，她似乎听到母亲在叫着：

“琦儿，琦儿！别步上我的后尘，逃开这个男人！”

她惊惶地看了杨荫一眼，掉转头，如飞地跑走了。跑了好远，她仍然无法抑制自己的心跳。茫茫然地，她走出校门，才发现自己依旧忘了书。不管书本，也没有等妹妹们下课，她一个人先回到家里，闩上了自己的房门，就倒在床上。可是，脑中反复出现的都是杨荫的脸，杨荫的眼睛，杨荫的声音。合上眼睛，她依然恍惚置身在杨荫的胳臂之中，醉醺醺，昏沉沉，那是一种她从来没有感觉过的、浑然忘我的境界。

第二天杨荫把她的书送来了，没有和她交谈一语，只默默地看了她一眼就走开了。她打开书，里面夹着一张纸条，上面写着：

“当你找到你自己的时候，告诉我一声，我在这儿等待着。”

她反复地看着那张纸条，觉得自己真像只迷失的兔子，在大雾中奔跑，不知该跑向何方。

“帮助我！帮助我！帮助我！”她心中叫着，可是，她不知道自己在向谁祈求帮助，也不知道祈求帮助自己些什么地方。

这天晚上，章念琦在厨房里帮周妈剥豆子，她坐在门口的小凳子上，把头靠在门上，寥落而忧郁。半天之后，她说：

“周妈，告诉我，妈妈和爸爸到底是怎么回事？”

周妈望了章念琦一眼，诧异地说：

“大小姐怎么想起这个来？”

“你说说看，我想知道情形。”

“我知道得也不清楚，”周妈皱皱眉，“我到你家来的时候，老爷和太太已经结婚三年了。好像老爷原是太太家里的远亲，他们私自有了交情，老爷太穷，太太家里不允婚。太太就拿了一个小包袱，带了一些首饰，和老爷跑到四川来结了婚，然后先后生了你们。老爷又考取了出国留学，太太凑了钱给他作旅费，他到了法国，三年后，娶了一个女留学生回来，和太太离婚了。”

“你知道爸爸现在哪里？”

“大概在南京。小姐，你可别在太太面前提，当心太太生气。老爷从外国回来后，我是看得清清楚楚的，太太求过他，哭过，甚至跪在地下，要他摆脱那个女的回来，老爷死也不动心，唉！男人心，真没办法说啦！怪不得你妈妈提起来就恨得牙痒痒的。”

“所有的男人都是这样吗？”章念琦锁着眉问。

“这个，我可不知道，还不都是半斤八两，全是些馋猫，沾不得一点儿腥，我家那个，就断送在一个窑姐儿身上。唉，别说了，这些事小姐面前讲不得的！”

章念琦站起身来，到屋里去，章念瑜依然埋在书本里。“念瑜怎么能毫不动心呢？”她想，“为什么我就会被那个该死的杨荫所打动！”走进了自己的房间，她一眼看到章念琛正坐在她的床上发呆。

“小妹，有什么事吗？”

“没有，”章念琛皱皱眉，显然还是有事，她沉思了一会儿说，“大姐，那个国文系的杨荫是不是在追你？”

“怎么？”章念琦吃了一惊。

“今天下午你早早地就走了，学校里发生一件事，你知不知道？”

“什么事？”

“杨荫和那个地理系的唐众民打了一架，据说，是为了我们。”

“怎么回事？”章念琦不由自主地紧张了起来。

“大概唐众民当众大骂三朵花，你知道唐众民追二姐碰钉子的事，今天下午在礼堂里和好多人说，三朵花臭美，又是什么外表圣洁，肚子里脏透了，还有许多脏话，夹了许多谣言，乱说一通。刚好杨荫也在礼堂看书，走过去一句话都没说，就对唐众民挥了一拳头，然后就打了起来。我真看不出杨荫那么文质彬彬的居然也会打人！”

“后来怎样？”章念琦急急地问。

“后来？当然杨荫吃亏啰，他又不是打架的料，唐众民那么个大块头，杨荫哪里是对手。”

“他受伤了？”章念琦问。

“我哪里知道，我又没去看，”章念琛皱皱眉，“八成是受了伤，因为他们说他流了血。”

章念琦“啊”了一声，转头就向外面跑，章念琛在她后面叫：“你到哪里去？”

章念琦头也不回地跑出去了，到了大街上，才觉得自己太鲁莽，又不知道杨荫住在哪儿，到什么地方去找呢？在大街上转了几圈，才想起一个办法来，她打电话到一个女同学家里去问，那个同学又帮她打电话出去问，终于打听出杨荫住在半山。坐了滑竿，找了好久，才算找到了。这是个大杂院，杨家只住了三间房子，十分简陋。当她终于站在杨家的客厅中时，她只觉得耳热心跳，一个老妇人受宠若惊地接待她，用四川话问：

“请问找哪一个？”

“杨荫是不是住在这儿？”

没等得及老妇人回答，杨荫从里面窜了出来，怔怔地站在门口望着她。他鼻青脸肿，额上裹着纱布，还透着殷红的血迹，一副狼狈的样子，章念琦凝视他，慢慢地走了过去，然后停住，他们就这样对望着，好半天，杨荫让开了拦着的门，示意她进去，她走了进去，杨荫关上了房门。

“没想到你来，屋里乱极了。”他说。

屋里并不乱，简陋，但很整洁。

她望着他，不说话。

“坐吧！”他推了一张椅子给她。

她没有坐。

“杨荫！”她低喊。

他震撼地凝视她。

“痛吗？”她问。

“不。”

“为什么要和他打？”

“不知道。”

“杨荫！”

“念琦！”

她倒进了他的怀里，他灼热的嘴唇印在她的唇上，是个忙乱、慌张而甜蜜的吻。

她知道她不再迷失了，她知道她无从逃避了，哪怕这个男人是条毒蛇，她也再无力于回避了。沉溺于酒的人宁愿醉死，不愿意枯死，她也如此。如果他有一天会负心，最起码，她有他不负心的这一刻！够了！何必多所渴求？何必去追问那渺不可知的未来？但是，但是……但是如果有一天，他抛弃了她，怀里再拥抱上另一个女人——这是无法忍受的！他的脸贴着她的，她的嘴碰到他耳边的纱布，她用手抚摸他额上的绷带，弄痛了他，他咬咬牙，摆了摆头，她问：

“很痛？”

“很甜。”他说。

“真爱我？”她问。

“你还怀疑？”

“永远？”

“到死，不行，死了还有下辈子，下辈子还有下辈子……到无穷的永远。”

“不改变？”她问。他把她的手放在他的心上，他的心沉重地跳着。他把头往后靠，拉开她的脸，注视着她的眼睛。

“念琦，”他严肃地说，“我的心在这儿，我的人在这儿，你信任我，我永不改变！我爱你，爱你！”

傻话！所有情人的话都是傻话，可是，所有的情人都喜欢听它！章念琦合上眼睛，有笑，有泪，有欢乐和解脱。她喃喃地说：

“再讲一遍。”

他再讲一遍。她皱皱眉，笑笑：“再说一遍。”

他再说一遍。

“一直说！一直说！不要停止！”她叫。

他捧住她的脸。“傻孩子！”他说，“傻得要命！傻得滑稽！傻得可爱！”他的嘴唇碰着她的。

章老太太望着章念琦，手哆哆嗦嗦地握着茶杯，眼光悲哀而失望。

“琦儿，琦儿！”她摇头，“你完了！当一个男人攻进你的心里，你就完了！”她颓然地用手抵住额角，“可怜我教育了你这么多年，一手抚养你长大。男人，男人！全是魔鬼！琦儿哦琦儿！这么多年，我告诉你要回避他们，告诉你要防备他们……”

“哦，妈妈，”章念琦苦恼地说，“杨荫不会变心的，你见了他就知道，妈妈，我不能不爱他。他会待我好的，他不会和爸爸一样，我是说，和那个混账男人一样！”

“男人全是一样的！”老太太斩钉截铁地说，“你一定要走到我的地步，才会承认我的话。好吧，你既然爱上了他，什么话都没有用了，你去爱吧，去受伤，去流血……哦，我可怜的孩子！”

“妈妈！”章念琦叹口气，求助地望着坐在一边的两个妹妹，但，章念瑜和章念琛都愣愣地坐着，一语不发。她哀求地看着母亲：“妈，我只是恋爱了，并没有……”

“恋爱，”老太太凄怆地说，“恋爱了，也就是毁灭了！”她对女儿们挥挥手：“好吧！你们都走，让我自己想一想。”

“妈，”章念瑜跑过去，拥抱了母亲一下，“我永不恋爱，我会努力读书，给你争最大的荣誉！”

三个女儿默默地退出了老太太的房间，章念瑜望望章念琦，摇摇头说：

“大姐，你怎么会爱上他呢？爱上一个臭男人！”

“你不懂！”章念琦苦恼地说，“你这个书呆子，你只知道这个定律，那个原理，你不晓得感情是没有定律法则可讲的，一经发生，就无法阻遏。你这个书蛀虫！等有一天，你也恋爱了，我再来看你神气！”

“我永不会恋爱！”章念瑜冷静地走进了她自己的房间说，打开台灯，立即摊开了桌上的书本。

章念琛跟着章念琦走进姐姐的房里，悄悄地说：

“大姐，你怎么知道你自己爱上了他？”

“你的话问得多滑稽！”章念琦说。

“爱情到底是什么东西？你怎么知道你对他的感情是爱情，而不是其他的感情？不是像我们姐妹这样的感情？不是像我爱小猫咪那样的感情呢？”

章念琦看看章念琛。

“我无法解释，”她说，“当爱情来临的时候，你就会知道那是爱情。小妹，离开了你，我可以照样生活，你失去了小猫咪，也可以照样生活，但是，如果我没有了杨荫，我宁愿死！”

章念琛瞪大了眼睛，惊恐地看着章念琦。

“那么，”她嗫嚅地说，“大姐，如果杨荫变了心……”

“假如他真的会变了心，”章念琦瞪视着窗外黑暗的长空，“我就杀了他，或者杀掉我自己！”

章念琛一唬就跳了起来，紧紧地抱着章念琦：

“你不要，姐姐，那你还是别恋爱吧！”她恐怖地说：“妈妈说的，没有一个男人会不变心的！”

“傻小妹，”章念琦笑笑，“或者有一个会不变心，就是杨荫。”

章念琦和杨荫的恋爱新闻传遍了全校。

“三朵花是无法攀折”的观念在一般男学生心中动摇，因此三朵花中的另两朵，开始受到猛烈的围攻。章念瑜像个石膏像，一切信件、约会，她全置之不理，她的世界在书本里，终日手不释卷，所有的情书皆如石沉大海。事实上，那些信件她连拆封都没拆过，理由是：没时间。所有的邀约，所得到的答复也是：没时间！

章念琛和她二姐的作风完全不同，她拆每封信，拒绝每个约会。拆了信之后，第二天不是当众朗读，就是把信对那个写信的人扔过去，一面大声说：

“大头鬼，你的信是不是从情书大全里抄来的？”

“瘦子，你信里写了三个白字！”

“诗人，这首诗太肉麻了，最好重作一遍！”

每次总是弄得那些写信的男孩子窘透。可是，奇怪的是，那些碰了钉子的男孩子却从不灰心，总是要继续去碰。但，章念琛这种不留情面的作风却得罪了班上一个名叫徐立群的男学生。徐立群是外语系的高才生，平日埋头读书，从不追求女孩子，超拔英挺，皮肤黝黑，有点像电影明星彼得·劳福。

这天，章念琛刚到学校，徐立群就当着全班同学，递给她一封信。她不禁大为惊讶，接着，一种女性的骄傲就统治了她，没想到，连超然的徐立群，居然也会给她写情书！她望望信封，正是当时最流行的浅蓝色信封，学生专门用来写情书的。好，她早已看不惯徐立群那种“全天下不足以动我”

的骄傲劲儿，这下子正好借此机会打击他一下。何况，全班的同学都以好奇的眼光看着她，看她如何处置这封信。于是，她挑挑眉毛，拆开信，抽出那张折叠得十分整齐的信笺，傲然说：

“谁有兴趣知道我们班上的圣人写些什么？”接着，就朗声宣读了起来：

亲爱的小姐：

当你收到我这封信的时候，请别认为我冒昧；当你看完我这封信时，也千万别认为我无礼，因为，对你“有礼”的人已经太多，轮到我的时候，只好脱俗一下了。

在重大你算是鼎鼎大名的人物，提起“玫瑰花”章念琛，几乎无人不知，无人不晓。可是小姐，别太骄傲了，须知玫瑰再好，有凋零之一日，当春残花落之日，则为粪土一堆了。你有朗诵情书的习惯，大概你自以为朗诵你的臣民的情书，是你的一大快乐，殊不知像你这种肤浅无知的行为，正暴露了你的虚荣和没有头脑！可叹你空有如花之貌，却无才无德又无见识……

章念琛念不下去了，有生以来，她从没有受过这么大的耻辱，而且是在大众的面前。她停住不念，全班的眼睛都注视着她，有的叹息，有的同情，有的嘲笑，一群素日妒忌她的女同学，笑得前俯后仰。她的脸色变得苍白，握着信笺的手气得发抖，但她克制着自己，依然把那封信看下去：

> 小姐，奉告你一句话，一个真正有修养的女孩子，绝不会公开她的情书。要知道，追求你，爱慕你，都是看得起你，对写信的人来说，是没有过失的。尽管你看不起他们，却不该嘲笑他们的感情。须知凡是人皆有自尊心，假如你认为我这封信打击了你的自尊心，就请想想平日你是如何打击他人的自尊心！但愿你的修养能符合你的容貌！须知人必自侮而后人侮之！奉劝阁下好自为之！
>
> 徐立群手上

章念琛把信笺放下，依然折叠好，封回信封里。气得浑身发抖，握着信，她走到徐立群面前，后者正靠在椅子里，用一种接受挑战的神情望着她。她深深地看了他一眼，大而黑的眸子里闪耀着一种奇异的光。她把那封信放在他的桌子上，平静地说：

“你不觉得自己的行为也太骄傲了一些吗？”

然后，她回到位子上，支着颐，默默地生气。心里在考虑打击徐立群的方法。

从此，章念琛没有再公布别人的情书，相反地，她开始接受约会，接受邀请。她和每一个人玩，出入每一个公共场合，笑，闹，玩，乐，像一朵盛开的花。一时，重庆附近的名胜，什么南温泉、海棠溪、浮图关……都有她和男孩子的足迹。她的名气更大，拜倒她裙下的人更多。

章念瑜对妹妹的行为不满，章念琦也不高兴。但，章念琛私下对章念琦说：

“大姐，我只是想引出一个人。”

“谁？”

“徐立群！我恨透了他！我要刺激他，等他来追求我，然后玩弄他！”

“别玩火，小妹，当心烧了手！”章念琦说。

可是，章念琛依然故我，她在校园公开和男学生手把手地走路，上课时和男学生眉来眼去，甚至于和男学生出入舞厅。一天晚上，她正和一个同学在舞厅里跳舞。突然，一个人拍了一下她的舞伴的肩膀说：

“借借你的舞伴！”

她抬起头来，惊喜交集。是徐立群！他到底跑来上钩了。她转过身子和他跳，故意问：

“你怎么也来跳舞了？”

“跟我来！”徐立群说，板着脸，毫无笑容。他把她拖出舞厅，走到外面的花园里。园中树影幢幢，夜凉如水，他狠狠地盯着她：“玩得很高兴吧？”他气冲冲地说。

“关你什么事？”她问，“当然玩得很高兴！”

“你失了你学生的身份，这个舞厅并不高级，你居然和那些低级舞女卷在一起！”

“关你什么呢？你凭什么来管我？”她高高地昂着头。

他恶狠狠地望着她。

“关我什么事？你这只狡猾的小狐狸！你明知道我的感情，你看了信就知道了，你太聪明，太可恶！”他拖过她，拉下她的身子，她奋力挣扎，但他的手臂如铁丝般箍紧了她，他们挣扎着，喘息着，像一对角力的敌手。她拼命要逃出他的掌握，他却拼命制伏她，她剧烈地喘着气，脑子里混混沌沌，根本不知道自己在干什么，只觉得面前这个男人十分可怕，她必须逃出去。可是，他的手臂把她圈得那么牢，她简直无法挣扎，于是，她张开嘴，对那只抱着她的臂咬下去，她的牙齿陷进了他的肌肉里，但，他依然不放手。一股咸味冲进她的嘴里，她愕然地张开嘴，月光下，血正从他手臂上的伤口里流下来。她惶然地抬起头，接触到他那对柔和而平静的眼睛。她对他颦眉凝视，喃喃地说：

“你？你？”

他俯下头，吻住了她的嘴。她的手钩住了他的脖子，热烈地回应了他，又挣扎着，低低地断续地说：

“不行，我，我，我是不和人恋爱的。”

“但是，你要和我恋爱。”徐立群在她耳边说。

“不，我不能爱上任何人。”她说。

“你已经爱上了我。”

“我不爱你，”她说，注视着他，“我恨你，我要报复你！”

“是吗？”他问，怜悯地摇摇头，“可怜的小念琛！别那么惨兮兮地看着我！”

她发出一声低喊，把头埋进了他的怀里。

他的下巴轻触着她的头发，在她的耳边说：

“我看到你的第一天，就爱上了你。”

“爱到什么时候为止？”

“今生，来世，永恒。”他说。

“好美丽的谎言，”她抬起头来，笑笑，“原来爱情的谎言是这么美的，怪不得姐姐会和杨荫恋爱，我现在明白了。”

“你在说什么？”徐立群皱着眉看她，“谎言？你认为我在说谎？”

“难道不是吗？这是骗取我的手段！”

“骗取你？”徐立群生气地推开她，“我说谎？骗取你？”

“不是吗？”她问，“难道你是真的爱我？不会改变？”

“念琛！”他喊，“你心里有着什么鬼？”他把她拉过来，深吸一口气说：“我告诉你，你可以不相信全世界的东西，但是，请你相信我。这个世界，连日月天地在内，都可能会有变动，但是，我的心永不会变！”

她对他展开一个美丽而无奈的微笑。

“如果这是毁灭，”她自言自语地说，“就让我毁灭吧！”

这晚，章念琛回家相当晚。章老太太看到她进门，立刻大发雷霆。

“念琛，女孩子一个人在外面玩到这样深更半夜，你是怎么回事？”

“妈妈，”章念琛靠在门板上，眼睛水汪汪地，醉醺醺地，懒洋洋地，又是悲哀地，无助地说：“我恋爱了。”

“什么?”章老太太跳了起来。

“妈妈,”章念琛悲哀地笑笑,“如果那些话是谎话,那些话就太可爱了。”说完,她摇摇晃晃地走开了。章老太太瞪大眼睛,绝望地倒进了椅子里:

“又毁了一个!”她喃喃地说,望着从章念瑜房里透出来的灯光,知道念瑜一定还在灯下看书。“老天保佑念瑜吧!保佑念瑜永不会对书本以外的东西感兴趣!我只有这一个了!”

一九四〇年。

侵华战争已经进入高潮,各学校都停了课,重庆每日要遭到十几次的轰炸,一般人都往乡下疏散。章家经济情况不佳,只有仍住城里,好在离她们家不远处就有防空洞,躲警报十分方便。

这天,章念琦到杨荫家里去,还没到杨家门口,就看到杨荫和一个女孩子从那个大杂院里出来。一阵狐疑钻进了她的心中,她躲在一边,悄悄地注视他们。杨荫抓着那个少女的手臂,又笑又说又比划,不知在讲些什么。那少女穿得十分华丽,戴着一顶很少见的宽边大草帽,一面听,一面笑得腰肢乱颤,大草帽的边一直碰到杨荫的脸上。章念琦感到一阵头晕,血液全都冰冷了。

“果然!”她想,“男人!男人!”她咬紧了牙齿。

他们向她站的方向走了过来,她听到那少女爽朗地大笑着说:

“我不信!荫哥,你向来就最会骗我!”

“我跟你发誓！”杨荫说。

他向她发誓，他也向自己发誓，章念琦恐怖地想着，这个男人，这个骗子，这个禽兽！他要向几个女人发誓呢？“男人，全是些魔鬼！”母亲的话响了起来，“不要信任他们，不要相信他们的花言巧语，不要受他们伪装的面目所欺骗！他们说爱你，在你面前装疯装死，全是要把你弄到手的手段！等到玩弄够了，他们会毫无情义地甩掉你……”章念琦痛苦地闭上眼睛，心中在呼号着：“妈呀！妈呀！我悔不听你的话。”

那一对年轻的男女从她面前经过，他们没有看到她。现在，他们不笑了，似乎在讨论一个很严重的问题，那少女的脸色显得凝肃悲哀，杨荫在说：

“我也会去的，只是，还有一些苦衷……”

他们走远了，她听不到他们的谈话了。她感到四肢无力，周身软弱。忽然间，警报响了，她伫立不动，人群从她身边跑过去，她依然不动，于是，她看到杨荫用手臂围着那少女的腰，护持着她跑走。

“完了！”她想，“我伟大的恋爱。”她跌跌撞撞地走下台阶，像个梦游病患者，抬滑竿的人也都去躲警报了，街上冷清清的，她下意识地向闹区走去，一直走到全是银行的陕西街，然后站住。飞机声已隆隆而近，她仰望着天，渴求着有个炸弹能落到自己的头上。可是，飞机过去了，远远的有轰炸的声音，不知道是哪一区遭了殃。她继续闲荡着，由午至晚，警报解除了，街上恢复了零乱，救火车和救护车鸣着尖锐的警笛从她身边疾驰而过，路人争着谈论轰炸的情形。她茫然不觉，摇晃着在街上走着。突然，一只手臂抓住了她，一个人站在她面前，她定睛一看，正是杨荫！他喘着气说：

“老远地看着就像你，刚刚我到你家里去，你母亲说你中午出来了没回去，把我急坏了，满大街跑了三小时，差点要到轰炸区去认尸了！你在这儿干什么？”

章念琦一语不发，默默地望着他。

“念琦，我有话要和你谈，我们找个地方坐坐好不好？”杨荫说，他的脸色显得既兴奋又悲哀。

“他要告诉我，”章念琦苦涩地想，“他要告诉我他已经移情别恋了！他是那种藏不住秘密的人。”她打了个冷战，恐怖地望着他，喑哑而生硬地说：

“你不用讲，我都知道了！”

“你都知道了？”他惊异地看着她，接着，就一把握紧了她的手腕，仔细地凝视她。她的脸色惨白、木然，眼睛枯涩无光。他抽了口冷气，战栗地说：“既然你已经知道了，就请你原谅我，念琦，原谅我离开你是……不得已的……”

章念琦盯视着面前这个男人，然后，她举起手来，狠狠地抽了他一个耳光，转过身子，就疯狂地跑开了。杨荫目瞪口呆地愣在那儿，好半天，才醒了过来。他追上去，章念琦已经没有影子了。

深夜，章念琦像个幽灵一样回到了家里，章老太太和两个妹妹都在客厅里焦虑地等着她，看她进来，章念瑜先松了口气说：

“好，总算回来了，以为你给炸死了呢！”

章念琦一语不发地走来走去，一直走到老太太面前，就扑进了老太太的怀里，用手抱住母亲的腰，摇撼着母亲，哭着说：

“妈妈哦，我为什么不听你的呢？我该死！妈妈哦！”

章老太太惊惶地揽住了她：

“琦儿，你说什么？”章念琦抬起头来，仰视着母亲，一字一字地说：

“妈，他已经变了心！”

章念琛跳了起来：

“你说什么？大姐？杨荫？不可能的！杨荫不是那样的人！绝不可能！这一定是误会！”

“误会？”章念琦掉头看看章念琛，冷笑了起来，“误会！我已经亲眼看到了，而且，他也亲自对我说过了！”她站起身来，指着章念琛：“小妹！及早抽身！”她看着母亲，幽幽地说：“我以为，世界上或者会有一个例外的男人，一个不变心的男人。可是，我错了。妈妈，你是对的！你是对的！”转过身子，她冲进了自己的卧室里，闩上了房门。

“我早知道有这一天！”章老太太喃喃地说，“我早知道！我早知道！男人不会有一个例外。都是魔鬼！魔鬼！魔鬼！”

章念琛抓起一件外套，向屋外跑去。

“琛儿！你到哪里去？”章老太太喊，“半夜三更的！”

“去找杨荫理论！”章念琛气呼呼地说，冲出了大门。

章念瑜叹了口气。

“还是念书好！放着书本不念，闹恋爱！唉！”

第二天清晨，章念琛和杨荫一起回来了，章念琛脸上有着骄傲和喜悦，她兴冲冲地对章老太太说：

“我就知道是误会！原来杨荫的表妹从昆明来，杨荫陪她上街，大概给大姐看见了，生出许多误会来！”

“是吗？”章老太太冷峻地望着杨荫，严厉地说，“你又来撒谎了？琦儿被你欺骗得还不够？她说你亲口告诉了她，现在又想来翻案了？”

“我亲口告诉她？”杨荫错愕地说，“我要告诉她，我已经响应了政府关于知识青年从军的号召，下个月就要出发，她不等我说完，就说她知道了……”杨荫猛然跺了一下脚：“哎，这个误会真是从何说起！念琦一天到晚怕我变心，怕我变心，怕得她自己都糊涂了，我以为她已经知道我从了军，生我的气，我想她会想明白的……谁知道……唉！”他又跺了一下脚，急急地说：“念琦呢？我要跟她解释！”

“你是真话？还是假话？”章老太太瞪着杨荫问，“我不信任你，我不信任任何一个男人！”

“伯母，”杨荫气急地说，“不是我说，假若不是你天天对念琦说我不可靠，念琦绝不会对我生出这种误会来！到现在，您还不相信我！请您让我见念琦，她的脾气刚烈，不解释清楚是不行的。”

章念琛跑到章念琦的门口，叫着说：

“大姐，开门！杨荫来了！”

门里寂然无声。杨荫走了过来，敲着门说：

“念琦，请你开门好不好？我有话说！”

门里仍然毫无动静。杨荫忽然感到一阵寒战，他大声叫：“念琦！开门！你不开我就破门而入了！”

老太太也颤巍巍地叫：

“琦儿，开门吧！”

门里依旧没有声音，门外的人面面相觑了一段时间，杨荫就用力对门撞过去，连撞了三四下，门开了。杨荫呆呆地站着，屋里，章念琦仰天躺在床上，血正从割裂的手腕里涌出来。

“琦儿！”老太太尖叫。

杨荫一步步走了过来，弯下身子，把手放在她的鼻子下面，他立即知道，什么都没有用了。他跪下去，把头放在她的胸口，她的身体仍有余温，但，那跳跃着的心脏却早已停止了。他用手环绕住她的身子，喃喃地、低低地叫：

“念琦！念琦！念琦！”

章念琛首先从打击中回复过来，她冲到床边，大声叫着：

“请医生去！请医生去！”

杨荫在章念琦胸口摇了摇头，把脸埋进了她胸前的衣服里。章念琛尖叫着大哭了起来，跺着脚狂喊：

“不不不！你死得多不值得！多不值得！多不值得！”

老太太摇晃着走到床边，恐怖地站着，望着章念琦那张毫无血色却依然美丽的脸。然后，她颤抖着，口齿不清地说：

“我……叫你……不要恋爱！我叫你……不要……恋爱！

我叫你……”

杨荫猛然抬起头来，他脸色惨白，眼睛血红。他站起身，抱起了章念琦的尸首，直望着章老太太，对章老太太一步一步地走过去，咬着牙说：

“伯母！你是个刽子手！是你杀了念琦！是你的教育杀了念琦！是你毁了她！杀了她！”

章老太太恐怖地向后退。章念瑜狂叫了一声：

“我的天啦！这个世界是怎么回事？”就晕了过去。

章念琛苦恼地把头倚在窗栏上，望着前面的街道。大姐死了，二姐病了，杨荫从军了，徐立群也调到昆明去工作了。短短的几个月之间，人生的事情竟有如此大的变动！二姐缠绵病榻已将近三个月，医生嘱咐不能看书，但她仍然要偷偷地看，看了之后又喊头痛。母亲如风中之烛，完全是她天生的坚强支持着她，使她没有在大姐死亡的打击下倒下去。徐立群调到昆明，她更寂寞了，每日倚窗，只是等待徐立群的信。徐立群，徐立群，但愿他是真的爱她，但愿他不会在昆明爱上别的女人！像她父亲在法国爱上女留学生一样。

“小妹！”章念瑜在喊她。她走进二姐的房里，章念瑜正靠在床上，显得精神很好。

“干什么？”章念琛问。

“把桌上那本书递给我，再给我一支笔、一个笔记本。”

“医生说过你不能看书。”章念琛说。

“去他的医生！都是婆婆妈妈的！我躺在床上都快发霉

了！其实，我的病根本就没有什么，把书给我吧！”

章念琛把书和本子递给她，自己在床边上坐下来，望着姐姐说：

“二姐，你怎么这样爱看书？”

“不看书做什么呢？”章念瑜问，“像你一样，每天为爱情神魂颠倒，坐立不安？像大姐一样，为爱情送掉性命？我不那么傻，书里有研究不完的学问，不断地研究、探讨，是我的快乐！我的爱人就是书！”

“还好，”章念琛点点头，吸口气，“你这个爱人永不会变心，你也永远不必担心害怕。我羡慕你！”

“书里的东西太丰富了，”章念瑜继续说，“穷我这一生也研究不完，以有限的生命，探求无穷的学问……”

“好了，二姐，”章念琛烦躁地说，“你的老理论又来了！”她侧耳倾听，猛然跳了起来，向门口冲去，嚷着：“一定是邮差来了！”可是，立即她就垂头丧气地走了回来，在窗边一坐，把下巴放在窗棂上，懊恼地说：“又没有信！这个死立群！鬼立群！我才不相信他连写封信的时间都没有！嘴里就会喊爱呀爱呀，一走开就把人忘得干干净净了。哼！见鬼！”

章念瑜对章念琛默默地摇了摇头，就打开书本，自顾自地研究起来。姐妹俩坐在两边，一个发呆，一个看书，时间悄悄地溜过去。秋天的午后很短，一会儿，就是开灯的时间了。章念琛站起来开电灯，灯刚亮，章念瑜忽然发出一声极喊，用手抱住了头。章念琛赶过去，叫着问：

“二姐，什么事？你怎样了？”

“我的头！我的头！”章念瑜大叫着，滚倒在床上，抱着头满床翻滚，书和笔记本都掉到地下，章念琛吓坏了，高声叫着周妈和母亲，章老太太和周妈立即赶了来，章念瑜仍在狂叫着：“我的头！哎哟！我的头！”

章老太太跑过去，抱住章念瑜，一面紧张地对章念琛说：

“快！请医生去！”

章念琛如飞地跑去了。章老太太战战兢兢地问：

“念瑜，你的头怎样了？”

“哎哟！我的头！”章念瑜狂喊着，用牙齿撕咬着被单，“我的头要裂了，要炸开了，哎哟！我的天！”

周妈弄了一盆冷水来，试着用凉手巾压在她的头上，但是一切无用，章念瑜依然又哭又叫。终于，医生来了，先给她注射了两针镇静剂，好不容易，她才疲倦地睡着了。这个医生是个新请来的，是重庆市著名的西医。他仔细地检查了章念瑜，又环顾了一下室内，把地下掉的书和笔记本翻了翻，就走到客厅里坐下。章老太太和章念琛都跟出来，周妈守在章念瑜的床边。章老太太小心地问：

“大夫，小女的病很严重吗？”

医生沉吟地坐下来，问：

“章小姐是大学生？”

“是的，已经毕业了，重大物理系的学生。”老太太说。

“很用功吧？”

“是的，每天都念书到深更半夜。”

医生点了点头。

“章小姐的病源就是用脑过度，从今天起，不要让她看任何的书，不要让她写字和做任何伤脑筋的事，否则，她的性命不保！”

“可是，”章念琛骇然地说，“她还想去考西南联大的研究院呢！”

“她永远不能考了！”医生摇摇头说，“她终生都不能再念书了。章老太太，记住，别让她碰书本，她会很快就复原的。如果再碰书本，那我就没办法了。”

真的，在吃药打针和食物滋补之下，章念瑜很快就复原了。当身体又硬朗之后，她发现屋子里的书都被移走了。她跳着脚问周妈，章老太太走进来，强颜笑着说：

“医生说过，你病刚好，不能看书。”

“我现在不看，我只是要把它们整理出来，”章念瑜说，“等能看的时候再看。”

“你不能费神，以后再整理吧！”章老太太说。

“不嘛，你们把我的书都弄到哪里去了？还有我几年的笔记呢？赶快给我，我还要准备考研究院呢，你们别把我的书弄丢了！”

“瑜儿，”章老太太柔声说，想告诉她事实，“你生了一场很厉害的病，你知道。”

“现在病已经好了吗！”章念瑜叫着说。

“是的，”章老太太吞吞吐吐地说，“可是，医生说，你再也不能念书了。”

章念瑜一把抓住了母亲。

“你说什么？妈？”她紧张地问。

“医生说，你不能再念书了。”章老太太重复了一句。

“永远不能？”她追着问。

“是的，”章老太太怜悯地把手压在她的手上，“是的，孩子，永远不能了。”

章念瑜松了握住母亲的手，身子向后退。然后，她仰着头看着天花板，突然纵声狂笑了起来。章念琛闻声而至，章念瑜正好也冲出去，她把章念琛死命一推，一面笑，一面往外跑，章念琛追了出去，大声叫：

“二姐！二姐！你做什么去？”

章念瑜跑到院子里，把毛衣脱了下来，一边脱着，一边笑，一边说：

“拿开这些障碍物就好了！拿开这些就四大皆空了！”

老太太、周妈和章念琛都追了出来，章念琛抓住她的手，拼命叫：

“二姐！你干什么？你干什么？”

章念瑜把章念琛推开，力气居然很大，章念琛跌倒在地下。章念瑜迅速地就把衣服都脱掉了，只剩下一层小衣，她仍不满足。“哗”的一声，就把小衣都撕裂了，光着身子向大街上跑。章念琛扑上去，不顾一切地抱住她，喊她，摇她，拉她，她生气地推开章念琛，嚷着说：

“滚开！你们这些妖魔小丑！”接着就仰天狂笑，冲到大门外面去了。

“老天！”章老太太两腿一软，跌坐在地下，“老天可怜我们，老天可怜我们！”她喃喃地说。

章念琛追到大门外面，在邻居们的协助之下，终于把章念瑜捉了回来，她又踢又咬又抓又叫，她们只得用绳子捆住她，一面火速去请医生。医生来了，打了针，她安静了一些。可是没多久，又闹了起来，见着人打人，见着东西砸东西，一个月以后，她们屈服了，章念瑜被送进了疯人院。

午夜，章念琛从一连串的噩梦中醒来，浑身都是冷汗。梦里，一会儿是满身流着血的大姐，一会儿是光着身子的二姐，一会儿又是徐立群，正左拥右抱着两个美女，对她看也不看地走过去……她从床上坐起来，心脏在剧烈地跳着，头上汗涔涔的。她坐了一段时间，听到母亲房里有叹息声，披了一件衣服，她下了床，摸到母亲房里。

“妈妈！”她叫。

“是念琛吗？”章老太太问。

“是的，妈妈，”章念琛爬上了母亲的床，钻进了母亲的被窝里，用手抱住母亲，“妈妈，我睡不着。”

“孩子，”章老太太用手抚摸念琛的面颊，“老天可怜我们，老天可怜我们！”近来，这两句话成了老太太的口头语。

“妈妈，我希望立群回来。”

“他会回来的。”老太太心不在焉地说。

“不，妈妈，我好久没有接到他的信了，他一定爱上了别人！”

“老天可怜我们，老天可怜我们！”老太太说。

“妈妈，世界上的男人都不可靠吗？”章念琛问。

“哦，别问我，”老太太惊悸地说，“我什么都不知道，什么都不知道！”

“妈妈，妈妈哦！”章念琛抱紧了母亲，“可怜的妈妈！”

第二天，章念琛整日坐在门口等信，没有，黄昏，她打了个电话给邮政总局问：

“渝昆路通不通车？邮件会不会遗失？”

回答是：

“渝昆路通车，但沿途有土匪，信件可能遗失。”

第三天，仍然没有信。

“我不能忍耐了！”章念琛狂乱地想，“我怎么知道他还在爱我？”

她跑到电信局，毫不思索地打了一个电报给徐立群，电报上只有六个字：

“琛病危，速返瑜。”

“如果他立即回来，他就是爱我，否则，就是不爱我了。”她想，神思不定地在房里兜着圈子。

电报发出后的半个月，有人打门，章念琛冲到大门口去，打开了门，立即惊喜交集。门口，徐立群满面风尘、憔悴不堪地站着，衣服上全是尘土，脸没有洗，两眼深凹，头发凌乱，狼狈得像才从监狱里放出的囚犯。看到了她，他不信任地瞪大了眼睛，结结巴巴地说：

“你？……你，没有……你病……怎样？”

“哦！”章念琛高兴地笑着说，“你总算回来了！”

“你好了？”徐立群疑惑地问，颤抖着用手来碰她，好像她是纸做的，生怕一碰就会碎掉。“是你？真是你？”他问。

“当然是我！”章念琛说，笑不出来了。她抓住他的手：“你看，这不是我吗？”她摇他的手：“喂，你看，我好好的呀，我什么病都没有，那个电报是用来试试你，现在我相信你是真正地爱我了！”

徐立群皱着眉头，茫然地望着她，好像根本不明白她的话。她又急急地说：

“你怎么了？你懂了吗？那个电报是假的，我拍来试试你的，好久没接到你的信，我以为你不爱我了，现在我相信你了！进来坐坐吧！”

徐立群靠在门上，慢慢明白过来了。他狠狠地看着她，就像看一个魔鬼。

“你相信我了！”他咬牙切齿地说，“你相信我了！你知不知道这十几天我是怎么过的？在木炭车里颠簸，车子一路抛锚，一路推车子，遇到土匪，洗劫一空。每天向上帝，向老天，向宇宙之神祈求，没有一夜合过眼睛，没有一刻不被你已经死亡的恐怖所威胁……你知道那是什么滋味？你知道如果不是要见你一面的意志力支持着，十个徐立群也老早完蛋了，你！原来你是开玩笑！”他瞪着她，他的眼睛里全是红丝。

“我只是要试试你，”章念琛嗫嚅地说，“现在不是什么都好了吗？”

“什么都好了？”徐立群一个字一个字地说，“是的，什么都好了，我们之间也完了！”他转过身子，向外就走。

“喂，立群，”章念琛一把拉住他，“你是什么意思？”

“我的意思是，”徐立群回过头来说，“你另外去找一个人做你的玩物吧！我徐立群算认清你了！你弄错了，章念琛，我不是你开玩笑的对象！”

“我不是开玩笑，”章念琛惶惑地说，“我只是害怕，害怕你不爱我！”

“章念琛，我不能做你一辈子的试验品！你的玩笑开得太过分了！你请吧！我徐立群配不上你，再见！”他转过身子，大踏步走去。

“立群，你到哪里去？你听我解释！”

“你用不着解释了！我到世界的尽头去！”徐立群怒气冲天地说，一瞬间，就走得看不见了。

“孩子，追他去！”章念琛背后，老太太不知道什么时候已经站在那儿了。

“没用了，妈妈。”章念琛哭着扑进母亲的怀里，“我知道他的个性，他是永不会回来了！”

“找他去！孩子！”老太太说，“到他家里找他去！”

但，徐立群并没有回他的家，重庆市没有他的影子，他像是从地面隐没了。第二天清晨，章念琛提着一个小包裹出走了。在家里书桌上，她只留了一个简单的小纸条：

妈妈：请原谅我，我必须去追踪他，哪怕他跑到世界的尽头！妈妈，我不能做大姐或是二姐！请原谅我，请原谅我！

女儿念琛留

胜利了，万民欢腾。

在临江路上，一个老太太正望着滚滚的嘉陵江发呆，风吹乱了她的萧萧白发。

一群嘻嘻哈哈的学生从她身边跑过。

“看！那好像是章老太太。”一个说。

“章老太太是谁？”另一个问。

“还记不记得‘三朵花’？”

“‘三朵花’？现在怎样了？”

“谁知道？好像都不存在了！”

学生们跑远了，老太太仍然孤独地伫立着。半晌，另一个老妇人蹒跚地走来。

“太太，回去吧！天不早了！”

“周妈，有信吗？”老太太问。

“没有。”周妈摇摇头。

“哦，老天可怜我们！”老太太说，继续望着滚滚的江水。暮色，慢慢地弥漫开来。

第三个梦结束了。

小纹抬起头来。

“爷爷，这个故事不好，”她摇摇头，“太惨了。”

“这只是一个梦。”老人笑笑，凝视着窗外的月亮，“人生，有多少个完美的梦呢？月亮缺的时候，比圆的时候多得多！”

第四个梦

生命的鞭

小纹，过来，好好地坐着。你看，今晚窗外那么黑，月亮都隐进了云层里，四处都是风声，恐怕要下雨了。哦，你给我拿来了一杯什么？酒？你想提起我说故事的兴趣吗？你说什么？小斟小酌，略增情趣？好吧！孩子，你懂得享受，也懂得生活，这是上天给你的好天赋。来，让我们碰一下杯，且干了这杯酒，我们来开始再说一个梦。酒，这真是件奇妙的东西，浅浅一杯，可以使人醺然自如，多饮则迷失本性——一杯已经够了，别再喝。今晚，让我来给你说一个故事——一个关于酒的故事。

三十年前，上海已是个繁华如梦的所在，急管繁弦，歌舞升平。在这儿，没有昼夜之分，酒绿灯红，到处是寻欢作乐的人们。

是个冬日的清晨。

江湾的海面上，像蒙着一层白雾，几点风帆，静静地卧在海面，海天一色，迷迷茫茫，别有一种寂寥的诗情画意。一个穿着件破旧的呢大衣、没有戴帽子的青年，挟着一个大画架，在路边站住了。对着海静静地望了几分钟，他支起了画架，匆匆忙忙地打开画箱，取出调色盘、颜料，及画笔、水碳等，呵了呵冻僵的手，开始在画纸上涂抹起来。

风从海上迎面吹来，凛冽刺骨，他瑟缩地缩了缩脖子，鼻子里呼出的热气全凝成了一团白雾。画了一会儿，到底敌不过这阵寒冷，他丢下画笔，把僵硬的手指送到嘴边去呵了呵，又在原地跳了几跳，以期用活动来抵制寒气，然后，抓住画笔，他又继续画了下去。

一阵泼剌剌的马蹄声惊动了他，他回过头去，诧异着是谁在这么早驾马车出来。于是，他看到一辆两匹马拉着的小型敞篷黑色马车，快如闪电般冲了过来，在驾驶座上，却高踞着一位少女，红上衣，红裤子，披着件大红披风，头上压着顶小红帽子，一只手握着马缰，另一只手飞舞着马鞭，两匹棕红色的马四蹄翻飞，其快如风地跑着。他被这景象惊得愣住了，忘了运用画笔，呆呆地注视着这疾奔而来的马车。车子从他面前驰过，扬起了一阵尘土，车上的少女却回过头来，对他注视，显然也诧异他这在寒风中画画的人。车子很快地跑远了，他一愣，立即抓下了画了一半的画纸，另外换上一张干净的，迅速地在调色盘里蘸了颜色，在画纸上勾出一辆飞驰的马车来，两匹快马、回头注视的舞着马鞭的红衣女郎……不到五分钟，这张画面的轮廓已生动地勾出来了，他退后几步，满意地看看，又慢慢地加上画面的背景：海、天和远远的几点白帆。

正画着，又是一阵马蹄声，他抬起头，那辆马车又折了回来，正往这边跑，红衣少女熟练地驾驭着马，当两匹马跑到了他的面前，少女一拉马缰，马车陡地停住了。他愕然地望望那辆空无一人的车子和驾驶座上的少女。这时，那少女正握着马鞭，对他凝视着。

这少女很美，他是个艺术家，也懂得欣赏一切的美，眼前的少女正是一种美的典型。一身火红的衣服裹着成熟的身段，随风飞起的红披风增加了她几分洒脱不羁的韵致，斜入发鬓的两道浓眉有男儿气概，黑白分明的大眼睛则流露了过多的聪颖、大胆和豪放。他有些被震慑住了，眩惑地望着她。她对他打量了将近一分钟，突然扬着声音问：

“喂，画画的！你是谁？”

他对这不礼貌的问句皱眉，故意咧着嘴说：

“喂！驾车的！你是谁？”

“唰！”的一声，一条马鞭出其不意地对着他的头挥了过来，他完全没有防备，竟无法躲开，马鞭在他脖子上绕了一下又抽了回去，顿时留下一股刺痛。他用手抚摸着脖子，少女早拉动马缰跑走了。他听着马蹄声去远，被打得莫名其妙，对着那张未完成的画呆呆发愣，正错愕间，马蹄声再度折了回来，他心有余悸地回头望去，少女在他面前停住了马，却对他抛来了一个微笑。他茫然地想：

“我今天是倒了霉，一清早碰到个神经病！”

少女等马停稳了，一翻身跳下了马车，身手十分矫捷。然后，她大步地走到他身边，对他那张画仔细地凝视了一会儿，又抬起眼睛来看看他，问：

“你叫什么名字？”

有第一次挨打的经验，他觉得还是不招惹这神经兮兮的女孩子为妙，于是，他淡淡地说：

“孟玮。”

“孟伟？伟大的伟？”她问。

“不，斜玉旁的玮。”

“你是个画家？”她再问。

他看了她一眼，笑笑。

“或者是的，在将来。”

“现在呢？”

“刚刚从美专毕业。”

“你是哪里人？”

“杭州。”

“离上海很近呀！”她说。

他再看了她一眼，感到被盘问得够了，该反问几句了，于是，他问：

“你叫什么名字？”“胡茵茵。草头下一个因为的因。”她爽快利落地说。

“胡茵茵？”他大吃一惊，重新去衡量面前这个女孩子，原来她就是胡茵茵！全上海市闻名的人物，大富豪胡全的独生女儿，外号叫作“神鞭公主”。好驶快车，所过之处，青年穷追不舍，她则一鞭在手，狂挥痛击，完全有男儿之风。这是上海鼎鼎大名的人物，她父亲的百万家财，只有她一个继承者，因此，她的追求者简直不计其数。孟玮对她的名字是早已听熟，却没料到今天能和她见面，而她又出乎意料地美。

她望着他，似乎想看到他听到她的名字之后有什么表示，但他一语不发，就又回到他的那张画旁，继续去画那海和天。她呆了呆，被他的冷淡所激怒了。她望了那画一眼，带着点蛮横的态度说：

“你不应该把我画到画上！”

“是吗？”他皱皱眉，“我在写生，有什么法律规定我不许写生吗？”

“你可以画大自然，不应该画我。”

“谁叫你跑进大自然里面来的？”

孟玮回头望望她，微笑地说：“你没听说过‘人在画中’的话吗？我既然冒冷出来写生，就不该错过一个好的景致。”

她双手交叉地抱在胸口，马鞭在空中抖了一下，凝视着他说：“这样吧，我把你这张画买下来了，你开个价钱吧！”

孟玮的笑容冻结了，他跳跳脚以驱除冷气，冷冰冰地说：“对不起，这张画不卖！”

“你以为我买不起？”胡茵茵生了气，嚷着说：

“只要你开得出价钱来，我马上照付！”

“我知道你有线，”孟玮头也不回地说，“我就是不卖。”

“我买定了！”胡茵茵暴怒地说，声音里夹着任性和倔强，一目了然，这是一个被宠坏了的女孩子。她高高地昂着头，噘着嘴说：“你说你要多少钱？”

孟玮转过头来看着她，平静地微笑着，好像一个长兄对撒泼的小妹妹似的说：

“你不知道，胡小姐，我的画都是练笔的，我要留着作资料，不准备卖的。”

“你不卖画，你靠什么维持生活？”胡茵茵直率地问。

“我教画，教一两个小学生。”

“你好像——过得很苦嘛！”胡茵茵打量着他说。

“和你比，当然啦！”孟玮说，声音里多少有点不自然。

“可是，我很喜欢你这张画。”

孟玮把画纸从画板上取了下来，卷成一卷，往胡茵茵怀里一塞，毫不在意地说：

“那么，送你吧。”

说完，他收拾好画具，扶起画架，预备走开，却看到胡茵茵满脸错愕地站在那儿，失措地望着他。他对她挥挥手，正要走开，她着急地追上前一两步说：

“孟……等一等！喂！你别走呀，这不公平，无论如何，我应该付你一点钱！喂喂！孟……孟什么，哦，孟玮，你别走呀！我说了要付钱的……”

“我说了不卖！”孟玮叫了一声，已走出一大截了。可是，立即，他听到马蹄泼剌剌地追了上来，同时，“呼”的一声，那条一丈长的马鞭又对他当头罩到。吃过一次亏就学了一次乖，他一闪身躲开了马鞭，马鞭抽了一个空，却从车上落下一样东西，“啷”一声掉在他的身边，他俯身一看，是个金银丝镶珍珠的小钱袋。同时，胡茵茵带笑的声音传了过来：

“我从没有不付代价地取别人的东西！再有，这么冷的天，你写生的时候也该买顶帽子戴戴！”

这抛钱袋的动作激起了孟玮一腔的火气，那最后一句话更深深地刺伤了他的自尊心。他拾起了钱袋，把画具和画架都抛在地上，就不顾一切地赶上去，一手攀住了马车，就矫捷地爬了上去，胡茵茵回头一看，立刻扬鞭抽来，他已爬上了车，反手抓了马鞭，用力一拉，胡茵茵惊呼一声，马鞭已到了孟玮手里。孟玮白着一张脸，愤愤地说：

“你好狂妄！好自大！好骄傲！连怎么做人都不懂！早就该有人教训你！你喜欢用马鞭抽人，你自己也该领教一下马鞭是什么滋味！”说着，他在狂怒之中，举起马鞭，对她猛挥了一下，她掩着脸又一声惊喊，马鞭斜斜地从她脑后绕到她的胸前，她颠踬了一下，差点从驾驶座上滚下来。孟玮把马鞭和钱袋都丢进车厢里，说：“告诉你！不要胡乱使用金钱，虽然你有钱，但是有些事不是应该动用钱的！”

说完，他看到马行速度很缓，就跳下了马车，气冲冲地走回去拿画具和画架。这儿，胡茵茵慢慢地放下了掩着脸的手，愣愣地坐在驾驶座上，忘了她的马鞭，忘了握缰绳，忘了一切的一切，只愣愣地坐着，愣愣地望着跑开的孟玮。今天所遭遇的，是她有生以来从没有遇到过的，这使她完全震慑住了。

在她昏迷似的发怔之中，识途的马缓缓地踱过上海市区的街头，缓缓地走进了她那坐落在杜美路美轮美奂的大厦，司阍给她拉开了大铁门，马夫跑来扶她下马和卸马，她昏沉沉地走进她自己的房间，下人们都诧异地望着她，她挥退了使女，关上房门，和衣倒在床上。胸口上那一鞭所留下的疼痛仍在，这疼痛热辣辣地烧灼着，带着一种新奇的刺激压迫着她。

孟玮用手枕着头，躺在他的帆布床上，仰视着天花板发呆。这是一间小小的阁楼，小得不能再小，高踞在六层楼的顶端，上下楼没有电梯，每次外出爬楼梯都可以把人累死。但是，对孟玮而言，租这样的房间已经超出他的能力之外了。这是栋坐落在江湾的古旧的楼房，这阁楼早已残破，四壁焦黄，门窗腐朽。但，孟玮却看上了那对海而开的窗子，可以看到外面的海和天，可以看到白云的变幻，还可以看到那引人遐思的点点白帆。他喜欢倚窗而立，注视那些帆船的动静，虽然他没有所想的人，也没有盼望着归来的人，可是，每当看到那些船，他依然会有“过尽千帆皆不是，斜晖脉脉水悠悠”的感觉，这是一种寥落的情绪，只因为他太孤独，而他又不是能忍耐孤独的人。往往，他会感到那一江所盛的，不是海水，而是他的寂寞。他凝视着海，就像凝视着他自己，他的寂寞已盛得太满，他的寂寞在晃荡，在挣扎，在澎湃，在喘息……这种感觉总使他情绪低沉，而至怆然欲泪。

这天，又是一个情绪低沉的日子，天气酷寒，妨碍了他出外工作。闭门造车，画出的全是些不如意的作品。在彻骨的寒冷中，他只能躺在床上生闷气。室内是凌乱的，满地画笔和画纸、颜料的残骸及果皮，墙上钉满了画，却没有一张使他自己满意，触目所及，都是使他生气的画。他开始怀疑自己的才能，怀疑自己的创造力。什么都是冷冷的：冷冷的天气，冷冷的床，冷冷的房间和冷冷的心情。他叹了口气，转过身子，把脸扑在枕头里。

有脚步声走到他门口，他没有动，只在心里揣测着是不是缴房租的日子，确定还有一星期，他就放下了心。有人敲门了，他没好气地说：

“你找谁？找错了！”

他确定这是找错了，只因为在孤独的天地里，从来不会有任何的访客。但是，门外有个女性的声音在问：

“孟玮是不是住在这里？”

他吃了一惊，从床上跳起来，走到门口去打开房门。立即，他眼前一亮，就完全愣住了。门外，一个穿着件华丽的白色长大衣的少女盈盈而立，长发披肩，头上压着顶红色小呢帽，双手横握着一条马鞭，高昂着头，一对闪烁的大眼睛对他胜利地笑着。

“哎呀，”她说，“爬楼梯把我累死了！”

“你来干什么？”他问，声音冷冰冰的。

少女一脚跨了进来，旁若无人地打量着他零乱的小房间，床下乱堆的被褥，以及满墙的画。他皱紧眉头，望着这个不速之客，再强调地说了一句：

“请问，胡小姐，你来此有何贵干？”

胡茵茵转头对他嫣然一笑说：

"我不能作友谊的拜访吗?"

孟玮不得已地关上房门,耸耸肩,腾出一张椅子给她坐。他想倒杯水给她,好不容易把唯一一个茶杯从废纸堆里找了出来,水瓶里却倒不出一滴水,他无可奈何地望望她,她却微笑着转开头。他说:

"你怎么知道我住在这里?"

"这还不简单?!到美专去查一查应届毕业生的通讯录就行了!"

"上海有三个美专呢!"

"每一个都查就行了!"

"好,小姐,你这样找到我的住址,要干什么?"

胡茵茵望着他,把马鞭绕在手上,说:

"孟玮,你对每一个人都这么凶巴巴的吗?"

"我?凶巴巴?"孟玮有些错愕,然后笑着说,"大概有点受你的传染。"

"我今天一点都不凶,是不?"胡茵茵说。接着,叹了一口气,像解释什么似的说:"你不知道,有些人真可恶,我必须准备一条马鞭,要不然,他们会爬上我的马车,拉住我的马,我非防备一下不可。"

"真有人存心侵犯你,一条马鞭又管什么用?"孟玮说,"就像那天,我夺下你的马鞭是轻而易举的事。所以,奉劝你,别太信任你的马鞭。那些人只是想撩逗你,并不真想冒犯你,否则,别说一条马鞭,十条马鞭也没用,你这样喜欢满街兜风,总有一天出毛病!"

“那么，难道我关在家里？”

“为什么不念书？”

“高中念完了。”

“大学呢？”

“念书——目的是什么？”她问，“我又不需要那一张文凭。”

“你的兴趣是什么呢？”

“驾马车。”她干脆地说。

他为之失笑。站到窗子旁边，望着窗外的海湾，他忽然感到和她已经很熟悉了。他沉思地问：

“你为什么喜欢驾马车？”

“让马拼命跑，车子在街上风驰电掣地驰过去，这是一种刺激。”胡茵茵站起身来，也走到窗边来站着，扑鼻的衣香使他心神一爽。她继续说：“当马在奔跑的时候，你必须全心都放在马的身上，你要握紧缰绳，以维持车子的平衡，那么，你就不会有多余的心思去思想。许多时候，思想是一件很可怕的东西。”

“是吗？”他深深地望了她一眼，“你逃避一些什么思想呢？在你的生活里，应该是什么都不缺的。”

“我不知道，我只是不能静下来，一静下来就感到好空虚、好慌乱，好像这世界上只剩下了我一个……于是，我就要跑出去，放马奔逐，让那种狂奔的刺激来平定内心的惶惑。”

孟玮震动了一下，她的话使他对她有另一种了解。他眼前不再是个华丽任性的富家女郎，而是个弱小、孤独的小女孩，这使他有一种安慰她的冲动。他凝视着海湾，那儿盛满了他的寂寞，也有她的，还有所有人类的。他感到一阵迷茫的凄楚。

“孟玮，”她在他身边说话了，“陪我出去兜兜风，我要让你参观一下我的技术。”他望望她，有些犹豫。

“去吧！”她鼓励地说，“你会发现那很有趣！”

“为什么你找到我来陪你？”他问。

她把马鞭抖开，在门槛上抽了一下，有些生气地说：

“你不高兴陪我就算了！”

她走到房门口，又回过头来望着他，眼光里有点恳求的味道，低低地说：

“孟玮，你很讨厌我吗？”

孟玮蹙着眉，没有说话，她压抑地说：

“我总不知道怎样做是对，怎样做是错，我很少和人谈话，除了在应酬的场合里听到别人恭维夸赞之外，我几乎不说什么。我不会说话，今天会说了这么多，真奇怪。大家捧着我，好像我不是一个平常的人，从没有一个人把我当朋友，我连交朋友都不会……我很小的时候就失去了母亲，从没有人教过我该怎么样做……”

孟玮走到门边，披上他的大衣，拉住她的胳膊说：

“走吧！我们驾车去！”他的手很自然地揽住了她的腰，把她揽到楼梯上，全公寓的人都把门开一条缝出来探头探脑，他咬咬嘴唇说：

“你的车子是不是停在楼下大门口？”

“是的。”

“好吧！”他望着她说，“明天，恐怕连小报上都会登出新闻来了！”

“我才不管呢！”她甩甩头，一条马鞭又习惯性地抽向楼梯的扶手，发出一声巨大的响声。

这天，几乎全上海市的人都看到神鞭公主的马车在街上驰过，而她旁边，却并立着一个衣着破旧的青年。他们放马狂奔，却笑得像两个孩子，神鞭公主这样高声地大笑，可能还是人们第一次听到。

“孟玮！开门！”

“小孟！快开门！”

“再不开，我打进来了！”

孟玮揉揉眼睛，从床上坐起来，睡眼惺忪地甩甩头。披上了衣服，门外的声音又响了：

“孟玮！我要破门而入了！”

孟玮匆促地把衣服穿好，走到门边去开了门，胡茵茵捧了一大堆东西走进来。他关上门，责备地说：

“这么早，你就来干什么？大呼小叫的，把全公寓的人都吵醒了！你怕别人不知道你神鞭公主驾到了是不是？”

“怎么，你每次见到我就要发脾气，”胡茵茵把手里大包小包的东西堆到床上说，“不欢迎我是不是？”

“你一来就惊天动地的，弄得整座楼的人都对我侧目而视——你那些是什么东西？”

“你来看！”胡茵茵兴高采烈地说，“为了挑选这些东西，我昨天晚上十二点多钟才回家。你看看喜不喜欢？”

她打开第一个纸包，是两件男人的毛衣和一件毛背心。第二个纸包里包括全部内衣裤和袜子，另外的全是衬衫裤子，还有两件长衫。她把长衫举起来，得意非常地说：

“我就知道你不爱穿西装，这两件长衫是我偷偷量了你的旧长衫的尺码去做的，你试试看合不合身……咦，你怎么，你在生谁的气？”

孟玮走过去，把那些衣服全抓起来，塞到胡茵茵怀里，冷冷地说：

“你走吧，把这些东西拿去送给你的男朋友去！”

“你是什么意思？”胡茵茵纳闷地问。

“你要让钱袋的事重演是不是？”孟玮气呼呼地说。

“这——”胡茵茵有些失措地说，“我们现在是朋友了嘛，你看，你一件春天穿的衣服都没有，要不就太厚，要不就太薄。你是我的朋友，接受我一点礼物又有什么，你为什么那样死心眼呢？”

“我孟玮可以穷，可以没衣服穿，但绝不接受施舍！”

“这又不是施舍，你为什么讲得那样难听？难道朋友之间不能馈赠的吗？”

“馈赠是彼此，你送我这东西，你让我用什么回报？”

“送礼一定要回报吗？孟玮，你的思想真狭窄，你太重视物质了。这些衣服用不了什么钱，但是有我的一片心，你只看到衣服，看不到我的心。”

“茵茵，”孟玮凝视着她的脸，坚决地说，“我接受你的好意，但是，衣服请你拿回去！”

“你怎么这样固执！”胡茵茵跺了一下脚，涨红了脸说，“我为你跑遍百货公司，挑选了整整三小时，你要我拿回去？我拿回去干什么？又没有人能穿！”

“随你拿回去干什么，给听差的、给司机都可以，反正，我绝对不能收！”

“孟玮！”胡茵茵生气地叫，“你辜负我的好意！人家买都买来了，就算你受了委屈，你也得接受！我保证以后再也不送东西给你，行不行？”

“不行！你拿回去！”孟玮坚定地说，“我不能让人家说我交到了阔气的女朋友，就仰仗女朋友而生活。假若你嫌我穿得太破烂，不配和你这位高贵的小姐走在一起，以后我们不交往就是！”

“孟玮！”胡茵茵气得脸色发白，嘴唇颤抖着，好半天才叫着说：“你误会我！你故意冤枉我！我从没有嫌你穷！好吧！你不要就算了！不想跟我交朋友直接说好了，犯不着冤我！我早就知道你讨厌我，我以后再也不来找你！”说着，她在桌上拿了一把剪刀，赌气地把那些衣服抓起来，一件件地剪成碎片。剪着剪着，眼泪溢出了她的眼睛，颤抖的手拿不稳剪刀，竟一刀剪在手指上面，血涌了出来，立即把那件白毛衣染红了一大块，孟玮叫了一声，跳过来握住了那个伤口，胡茵茵愤怒地把手从他的手中抽出去，顺手抓住丢在床上的马鞭，故态复萌地对孟玮狠狠地抽过去。孟玮一动也不动，让她发泄乱打，直到她抽累了，丢下了马鞭，他才静静地说：

"打够了没有？气消了没有？"

胡茵茵抬起一对泪眼来望着他，在任性的发泄之后反显得茫然无助。他走近她，轻轻地拉住她，捧住她的脸，低声地说：

"茵茵，我爱你，但是讨厌你的钱。"说完，他俯首吻她，然后又说："我希望你不要这样富有，希望你不是胡全的女儿，不是身系百万金元的女郎，我不要人家说我为了钱而接近你。"

"孟玮，"胡茵茵狂热地说，"我可以跟你过苦日子，如果我们结婚……"

"你父亲反对我，我知道。"

"我父亲只认得钱，"胡茵茵皱着眉说，"但是，他赞不赞成是他的问题，我跟定了你。"

"跟定我？跟我住到这小阁楼里来？必须亲自下厨，亲自洗衣，亲自做一切的苦事。我的公主，你行吗？"

"我行！"她坚定地说，又加了一句，"不过，如果我们结婚，爸爸一定多少要给我一些陪嫁的。"

"如果我们结婚，"孟玮收敛了脸上的笑容说，"我不能接受你父亲一毛钱。记住，茵茵，我只要你的人，不要你的钱。如果你爱我，请别伤我的自尊。还有，我永不放弃绘画，永不会去经营你父亲的事业。你明白？"

"我知道，孟玮，你曾经说我骄傲，你比我更骄傲。不过，你会成为一个大艺术家，我要做个好妻子，帮助你，扶持你。"

这天晚上，孟玮正在屋里为一个出版公司画封面，这是他用来谋生的一种方法。突然，有人敲门，他开了门，外面，出乎他意料之外的是两个衣冠楚楚、满面公事的绅士，其中一个提着一个大皮包，很世故地问：

“请问，是孟先生吧？”

“是的。”孟玮迷惑地说，“你是——”

后者立即递给他一张精美的名片，上面印着金 ×× 律师，他诧异地把这两个客人迎了进来，金律师很会节省时间，立刻把话引入了正题，开门见山地说：

“孟先生，我是代表胡先生来和你谈判的。”

“胡先生？哪一位胡先生？”孟玮不解地问。

“孟先生，您别装糊涂了，就是胡全胡先生。”

“哦，他有什么事？”

“他想问您，您要多少钱肯对胡小姐放手？”

孟玮注视着这两个客人，突然纵声大笑了起来，一面站起身来，把门打开，做一个送客的姿势说：

“金大律师，请转告胡先生，他全部的财产都不在我的眼睛里。”

“孟先生，”金律师沉着气说，“我们是有诚意的，希望多多考虑。胡先生不是吝啬的人，不过，假如您不放手的话，对您也不会有好处。”

“怎样？难道你们还能杀了我吗？”

“不是这样说，您是明白人，胡先生的个性您一定听说过，如果他不认父女之情，您就一点好处都得不到。孟先生，您不要以为抓住了胡小姐，就可以钓到大鱼，胡先生不是那么容易对付的，放聪明点，别人财两空……”

“你说够了没有？”孟玮冷冷地问。

两个律师看出毫无商量的余地，却仍想做徒劳的尝试，一个说：

“孟先生，我们愿意出五十两黄金……”

孟玮把门开得很大，厉声说：

“滚！”

“孟先生，不要敬酒不吃吃罚酒……”

“滚！”孟玮大叫。

两个律师狼狈而逃。孟玮望着他们气冲冲地走下楼梯，自己倚门而立，越想越有气，越想越不舒服。抓了一件外衣，他带上门，冲下楼梯，一口气走到公共汽车站，搭车到杜美路，直奔胡家的大厦。

仰望着那座庞大的建筑物，他不禁浮起了一阵苦笑，这房子和他所住的小阁楼，简直是两个世界！像他这样的穷小子妄想和巨宅中的公主联姻，难怪别人把他和钱想在一起了。

司阍走来开了一道小门，伸出头来狐疑地望着他，用轻蔑而不满的口气说：

“你找谁？从后门走！”

大概他以为这是哪个下人的朋友了。孟玮昂着头，朗声说：

“去告诉你们老爷，有位孟玮先生要见他！”

司阍上上下下望了望他，断然地说：

"我们老爷不在家！"

孟玮一脚跨进了门里，怒声说：

"你去通报，会不会？告诉你们老爷，他要找的孟玮来了，要和他当面谈话，去通报去！"

孟玮这一凶，倒收到了效果，那司阍狐疑地走了进去，转告了另一个下人，没多久，孟玮被带进了一间豪华的大客厅。打蜡的地板使他几乎摔倒，四面全是落地的大玻璃窗，紫红色的绒窗帘从顶垂到地，地板光洁鉴人，设备豪华富丽。孟玮在一张沙发上坐下来，刚坐稳，一扇门轻轻一响，闪进一个穿着白衣、披着长发的少女，她对他直奔而来，叫着说：

"孟玮，你怎么来了？"

"茵茵，"孟玮沉着声音说，"我来以前，有一腔怒火，要告诉你父亲我要定了你，现在，我想改变主意了。"

"孟玮，你是什么意思？"胡茵茵紧张地问。

"我怕我会使你太苦，"他环视着室内，沉痛地说，"你是一朵温室里培养出来的花，移到风雨里去，我怕你会枯萎。如果你跟着我，那种生活可能是你现在无法想象的！"

"孟玮！"胡茵茵叫，"你根本就没有认清我！我告诉你，我和爸爸吵了整整一个晚上，我告诉他，如果不能嫁给你，我就死！"

"茵茵，你不怕苦？"

"有了你，无论怎么苦，也是快乐的。不是吗？"

孟玮正要说话，胡全走进来了。和一切大商贾一样，他有一个凸出的肚子和一对精明的眼睛。与一般人不同的，他个子奇矮，双手特大，但是，绝不给人滑稽的感觉，相反地，他有一种与生俱来的威严，使人不敢和他的眼光直接相对。孟玮本能地站直了身子，胡全上上下下地打量了他一个够，才冷冷地说：

“你就是孟玮？”

“是的。”

“你来干什么？”胡全灼灼逼人的眼睛紧盯着他。

“来告诉您，我要娶您的女儿。”

“告诉我？”胡全哈哈大笑，声震屋瓦，然后，他近乎愤怒地说，“哼！好狂的口气。我的女儿是这么容易娶的吗？小子，你要多少？开口说好了！我倒想看看你的胃口！”

“胡先生，”孟玮被激怒了，生气地说，“你的律师已经到我那里去过了……”

“我已经知道了，”胡全摆摆手说，“你嫌五十两金子太少是不是？”

“是的，太少了！”孟玮抬高了声音说，“你的女儿在你心目里，只值五十两金子，在我心里，是万金不换的！我告诉你，胡先生，你的钱不在我眼睛里，我要的是你的女儿不是你的钱！”

“哼！”胡全点了点头，冷冷地说，“别说得那么冠冕堂皇，谁不知道我胡全只有一个女儿，你的算盘打得太精了！可是，你斗不过我！你以为弄到了我的女儿，我的家产就稳稳地操在你手里了，是不？哈哈！你别打如意算盘，我绝不会让茵茵嫁给你！”

“爸爸！”胡茵茵跳了起来，叫着说，“我一定要嫁他！我已经到了法定年龄，你管不着我！”

“好呀！”胡全气得脸上的肥肉在跳动，“茵茵！你这个傻瓜！你以为这世界上有爱情！这穷小子只看中你的钱，如果你不是胡全的女儿，他才看不上你呢！”

“胡先生，”孟玮冷笑了，“你太抬高了自己，太看低你的女儿！我要娶你的女儿，但是不要你一个钱！”

“茵茵！你要嫁给这小子？”

“是的。”

“你跟定了他？”

“是的。”

“我告诉你！”胡全铁青着脸说，“如果你执迷不悟，你就跟这小子走吧！我马上登报和你断绝父女关系！你别想我给你一分钱的陪嫁，我什么都不给你，我要取消掉你的继承权！你跟这男人滚吧！去吃爱情，喝爱情，穿爱情，如果有一天你活不了，你就饿死在外面，不许回来找我！假如这男人欺侮了你，虐待了你，你也不许回来找我！我说得出，做得到，你听到没有？”

“爸爸！”胡茵茵昂然地说，“我从没有重视过你的陪嫁和你的财产，你看错了孟玮，是的，我要跟他走，永远不回来。不依靠你的钱，我照样会活得很快乐。我生活在这栋大厦里，像生活在一个精装的棺材里，到处只有钱臭，和一块硬币一样冷冰冰，我早就受够了！碰到孟玮以前，我几乎没有笑过，这男人你看不起，因为他穷，但他使我了解了什么是人生、什么是快乐、什么是爱情。他的生活比你富有得太多太多了！爸爸，真正穷的人不是孟玮，是你！你除了钱一无所有！孟玮却有天，有地，有世界，有欢笑！"

"说得好！"胡全暴怒地说，"你满脑子全是幼稚荒唐的梦想，没有钱，靠欢笑和爱情能生活吗？好吧！你马上给我滚，等你梦醒的时候，不许再回来！你就给我死在外边！"

"她会活着，而且会活得很快乐！"孟玮坚定地说，一面转头对胡茵茵说："茵茵，你收拾一下，我们马上就走！"

"你别后悔！"

"爸爸！"胡茵茵用同样的口气说，"我永不后悔！"

"那么滚，立刻滚！记住，茵茵，你走出了这个大门，就别想再走回来！"

"放心，爸爸，我死在外面也不回来！"

五分钟后，胡茵茵从里面出来，她穿着件白上衣，黑长裤，披着一件灰色的夹大衣，朴素得像个农家女，她把手里的马鞭郑重地放在父亲的面前，说：

"从此，神鞭公主死去了，另一个女人将接替她愉快地生活下去！"

她把手伸给孟玮，除了一身的衣服之外，没有带任何一样东西，坚定不移地跟着孟玮走出胡家的大厦。胡全木然地站在客厅里，凝肃地望着这两个年轻人走出去。那条被胡茵茵用惯了的马鞭，静静地躺在地上，反射着冷冷的光。

杭州。

在西湖边，清波门附近，有一栋小小的木造房子，原先，应该是一栋小巧精致的雅人居处，而今，由于年久失修，早已破烂不堪了。房子原有七八间，现在只整理出三间来，一间做了孟玮夫妇的卧室，一间稍稍清爽一些的，勉强算是客厅，另一间成了孟玮的画室。最初，孟玮把胡茵茵带到这儿来的时候，这里是门歪窗倒，院子里杂草丛生，野兔和田鼠筑巢而居，荒草及藤蔓一直爬到窗格子上。室内更是灰尘满布，蛛网密结。孟玮曾苦笑地说：

“几年没有回来，房子就变成这样了。茵茵，这是我唯一的财产，是我父亲留给我的。”

胡茵茵打量着屋子，微笑地说：

“能有片瓦聊蔽风雨，就很不错了，何况还有这样一栋房子，让我们把它整理起来，它会成为我们的皇宫。”

整理的工作进行得很慢，茵茵虽有吃苦的决心，却连割草都不会。但她一语不发，费了将近一星期，总算把满院的荒草除尽了。室内的家具，大半已被老鼠和白蚁所毁，他们勉强拼拼凑凑，整理出三间房间来，茵茵用毛巾包头，效仿农家女的样子穿短衣裤子，挽着裤脚，爬高下低，抹拭灰尘，又亲自糊窗纸。每到晚上就精疲力竭地倒在床上，不能动弹。孟玮抚摸着她，叹口气说：

“茵茵，你跟着我吃苦，我知道，你从没做过这些粗事，你怎么能做呢？”

“如果别的女人能做，我为什么不能做呢？”茵茵说。

孟玮握着她的手，她手上全是伤痕，菜刀割伤的、荆棘刺伤的、热油烫伤的……比比皆是。孟玮吻着这手，眼泪流到她的手上，他坚决地说：

“我要想办法改善这种生活，无论如何，要想办法雇一个老妈子，你不能再做这些粗事了。”

“老妈子能做的事，我也都能做。”茵茵说，“玮，你只管画你的画，家务事你别管。”

“看到你吃苦，我于心不安。”

“我是决心跟你来吃苦的，不是吗？”

“茵茵，告诉我，你在家里的时候，私人的丫头有几个？”

茵茵不响，半天才说：

“你说什么？”

“我问你，你在神鞭公主的时代，有几个丫头伺候你？”

茵茵停了一会儿说：

“我不认得什么神鞭公主，我只知道有一个胡茵茵，她是孟玮的太太，她没有丫头，她将伺候她的丈夫，使他成功。”

“茵茵！”孟玮叫，热烈地吻住她，“茵茵，我怎么报答你这一份爱？”

“给我相等的爱。”

“不！给你更多更多。”

“不可能更多了。”茵茵用手揽住孟玮的脖子，“我给你的已经是极限的数位了。”

深夜，西湖波平如镜，繁星满天，两人并倚在窗下数星星。清晨，茵茵却披衣而起，悄悄地溜下床来，不敢惊动孟玮，独自走进厨房里。隔日的疲劳犹在，四肢酸痛，眼皮沉重，她吸了一口气，鼓起勇气来，走到灶边，把木柴送进灶孔里，燃着了火，鼓着嘴拼命吹，浓烟弥漫全室，她呛咳着冲到厨房门口去透气，又怕火灭了，再折回来猛吹。火终于在一段奋斗之后燃了起来，她淘了米，放在灶上煮稀饭，自己倚在灶边打盹，一面按时向灶孔里添柴。疲倦袭击着她，她昏沉欲睡，直到“嗤”的一阵响，才发现稀饭开了，米汤正溢出锅外，几乎扑灭了炉火，她跳起来，手忙脚乱地揭开锅盖，没提防一股蒸汽直扑上来，手被烫了，锅盖掉在地下，发出一声巨响，她握着被烫的手，走到厨房门口，把受伤的手放进嘴里衔着，一面对着那熊熊的火发怔。孟玮冲了过来，紧张地问：

“怎么回事？”

“没什么。”茵茵掩饰地把手藏到身后去。

“烫着了吗？”孟玮问。

“没有。”

“给我看！”

茵茵伸出手来，手上红了一大片，孟玮说：

“擦点油吧，我等会儿去买一盒治烫伤的药来。”

茵茵用一些花生油抹在手上，忽然间，一阵饭焦味扑鼻而来，茵茵喊了一声：

“糟糕！”把饭锅端下来一看，已经全烧焦了，孟玮说：

“我看，你是放的水太少了，所以这么快就焦了，火似乎也太大了一些。”

“昨天的稀饭水放得太多，变成在一锅米汤里捞米粒，今天又太少了，连煮一个稀饭都这么困难！”茵茵沮丧地说，有点儿眼泪汪汪。

“慢慢来，一切都只是经验问题，慢慢地就好了。”孟玮安慰地说，但是，离开厨房后，他摇摇头，下决心地自语了一句：“不行，我不能让她这样下去，她是不该困于厨房之中的！”

这天起，孟玮开始四出谋事，但是，一连一星期，却找不到一个能糊口的工作。而米缸里粮食日少，家用越来越拮据，茵茵努力学习着做一切的事，但她很快地憔悴消瘦下去。孟玮一直怕这朵温室的花被他移植后会枯萎，而今，他眼看着她日益憔悴，不禁心惊肉跳。他劝她休息，但她固执地操劳如故。

一个月之后，他依然没有找到适合的工作，茵茵说：

“你是个画家，你的天才会被人赏识的，既然找不到事，不如干脆画上一百张画，开一个画展，只要有人欣赏你，那么，你就很可以靠卖画为生了。”

孟玮采纳了茵茵的意见，他们度过了一段十分艰苦的生活。他每天清晨就背着画架出外写生，茵茵在家中操持家务，家中居然弄得窗明几净，井井有条。他们的菜钱已降低到最低限度，每日以青菜豆腐和一些腌萝卜为生，吃得孟玮倒足胃口，他不用问，也知道茵茵是食不下咽的。每看到她跪在地下搓洗衣服，或埋在厨房的油烟之中做饭，他就感到内心绞痛，但又无力改善她的生活，有时他想帮她的忙，她却坚决地说：

“不！你去画你的画！别管我，我做得很好！”

于是，咬咬牙，他又去开始一张新画。

这年夏天，他的画展终于展出了。可是，却完全失败了。他既无社会关系，又无地位身份，再者，画的程度也不足以惊世，结果失败得惨不忍睹。没有一个人给予好评，卖出的几张画得来的钱不足以弥补开画展所背下的亏空。这失败打击得他一蹶不振。茵茵强作欢颜来鼓励他，可是，一天夜里，他听到她在床里暗暗饮泣，他伸手去摸她，一接触之间，才发现往日的丰肌玉脂，如今只剩得骨瘦如柴。他悚然而惊，从床上坐起来，浑身全是冷汗，一个念头闪电般在他脑子里穿过：

“我在谋杀她！她要为我而死了！”

茵茵听到他坐起来，立即遏止了哭声，慢慢地，她也坐起来，轻轻地拉住他的手，掩饰地说：

“我……我只是做了一个噩梦。”

“茵茵！”他叫，抱着她的头痛哭了起来，到这时，他才体会到“贫贱夫妻百事哀”的滋味。

第二天，他出去了一整天，深夜，才摇摇晃晃地走了进来。茵茵迎上去，发现他已喝得酩酊大醉，他酒气冲天，举步不稳，茵茵知道他本很善饮，奇怪他何以一醉至此。她扶他到卧室里去躺着，他又哭又笑，胡言乱语了半天，才说了一句正经话：

“茵茵，我找到工作了。”

“哦！”茵茵高兴地喊，“是吗？”

“是的！我有工作了！”孟玮仰天大笑，眼泪溢出了眼角，口齿不清地说，“你别愁，茵茵，我总养得活你！”说完，他就大大地呕吐了起来。

到第二天，茵茵才知道他致醉的原因，他所找到的工作，是一家广告公司里画广告的，待遇很苛刻，每天还要上八小时班。而这种画广告的工作，还是孟玮生平最不齿的，他认为那是“画匠”的工作，稍有志气的人都不屑于干的，孟玮在上班以前，对茵茵惨然一笑说：

“茵茵，从此，你的天才画家丈夫，只是一个画画火柴盒、香烟罐、京戏广告的画匠了。”

茵茵说不出劝他不干的话来，虽然她知道他希望她阻止他去。但是，米缸里已经空了，而肚子问题，总比骄傲和自尊更严重些。

夜深了，窗外起着风。

茵茵听到大门响，她疲倦地爬起床来，披上一件衣服，走到院子里去开开大门。孟玮几乎是跌了进来，她慌忙伸手扶住他，用尽力气把他半拖半扶地弄进房里。他跌跌撞撞地向前走，满眼睛都是血丝，怀里还抱着一瓶酒，茵茵扶他坐在床上，他坐不稳，倒到棉絮上，怀里的酒瓶滚了出去，他慌忙抓住酒瓶，嘻嘻地笑着说：

“你别想跑，你才跑不掉哩！”

“玮，”茵茵摇着他，“你又喝醉了，你答应过我不再喝酒的，你怎么又喝了？”

孟玮醉眼迷离地望着茵茵，把她拉倒在床上说：

“茵茵，我看得出来，你快变成个老太婆了，你脸上已经都是皱纹了，等你老得超了生，下辈子你就可以嫁一个真正的画家！”

“玮，”茵茵含满了泪，痛苦地说，“如果你不高兴那个工作，你就辞职吧！我们苦一点没关系，你再去画画，总有一天，你会成功的。”

“茵茵，嘘！”孟玮神秘地说，“别说话！纺织娘就要来了！”

“玮，你在说些什么呀？”

“茵茵，别愁，我养得活你，你会过得很快乐……你放心，我养得活你……”

“玮，玮，孟玮，我跟你说，别再喝酒，怎么苦我都愿意，请你！玮，玮，唉！”

孟玮已经呼呼大睡了，茵茵长叹了一声。给他脱去了鞋子和外衣，用毛毯盖住他，自己呆呆坐在床沿上，自言自语地说：

“这种生活怎么过下去呢？”

“玮，你答应我，不再喝酒好不好？”

“不喝酒，干什么呢？”孟玮粗鲁地说。

“你可以画画……”

“画画？有谁要我的画？”

“慢慢来呀，没有一个成功的人是不经过奋斗的。”

“在我奋斗的时候，我给你吃什么？”

“但是，喝酒并不能解决问题。”

“别对我说大道理，茵茵，我现在只有喝酒一个乐趣！”

“如果你不停止喝酒，我们要永远穷困下去！”

“你嫌我穷了是不是？神鞭公主，你嫌我穷就去找你那个有钱的爸爸好了！”

“孟玮！你不公平！”

“这世界没有公平！”门“砰”的一声关上了，孟玮已走了出去。

“茵茵，别哭！”

“茵茵，是我不好，别哭了。”

“茵茵，你原谅我，我发誓再也不喝酒。”

茵茵抬起泪痕狼藉的脸，抽噎地问：

“你的誓言能维持几天？”

“这一次，是永远。”

“玮，我不怕跟你吃苦，但是，要有价值。”

“我知道，茵茵，我不会辜负你。”

“但愿你能维持你的誓言，真的不再喝酒。”

“这次一定是真的。”

孟玮推开家门，摇晃着走进去，跌坐在客厅的椅子里，把头埋进手心里，手指深深地插在头发中。茵茵从厨房里赶了出来，急急地走到他身边，把手放在他的头发上，接着就紧蹙了一下眉说：

“玮，你又喝了酒？”

“别说！”孟玮从齿缝里叫。

“你怎么了？”

孟玮抬起头来，一把拉住了茵茵的手，握紧了她，仰着头说：

“今天，我把最近完成的画拿去给杭州艺专的教授看，被批评得一钱不值。以前，我总以为自己有天才，现在，我知道我只是个最平凡的人！茵茵，你的眼光错了！”

“别这么说，”茵茵匍匐在他的脚前，把手腕放在他的膝上，“慢慢来，慢慢努力。凡·高当初不是也被批评得一钱不值吗？你会成功的，最起码，我相信。”

“世界上只有你相信，茵茵，你是个傻瓜！”孟玮流泪了。

“真正的艺术总会被发现的，玮，千万别灰心！巴哈死后一百年才被人发掘出来呢！”

“我不想做巴哈，”孟玮含泪说，“我也不能让你像巴哈的妻子那样死于饥饿。你要快乐地活着，快乐的，永不被饥饿穷困所苦。我不愿看到你操劳，我要让你享受，你懂吗？死后的名利对我们有什么用呢？”

“玮，不要为我担心，不要为我痛苦，我过得很快乐，真的。假如我绊住了你，使你无法努力，我就罪孽深重了。”

“你过得很快乐？快乐使你脸上失去了健康的颜色？使你憔悴消瘦，使你日见枯羸？”

“你不要为我操心……”

“我能吗？看到你就让我心痛……”他猛然站起身来，走到厨房里去，一会儿，他拿了一瓶酒出来。茵茵赶上去，握住他的手，乞求地说：

“你不要喝酒，行吗？你答应过多少次了。”

“让我喝一点！”孟玮推开她，握着酒瓶坐进椅子里，说，“广告公司的老板今天把我叫去大训了一顿，他说他不是雇我去发挥艺术的，是要我画广告，必须收到广告效果。他对我穷吼：‘把颜色画浓一点，那些灰秃秃的山呀水呀用不着，画个女人提着裙子站在水里面就行了……’哼，我学了这么久的艺术，现在来受这种窝囊气！”他举起瓶子，喝了一大口酒，眼眶浮肿，眼睛里布满了红丝。

“玮，酒瓶给我……”

“不，你走开一点，让我痛快地醉一醉，如果我不喝酒，我就要爆炸了！”他高举着酒瓶，对着嘴灌进去，然后，他击着桌子，直着喉咙高唱，“君不见，黄河之水天上来，奔流到海不复回。君不见，高堂明镜悲白发，朝如青丝暮成雪。人生得意须尽欢，莫使金樽空对月。天生我材必有用，千金散尽还复来……”

茵茵摇摇头，跑进了卧室里，痛苦地把头埋进枕头里。孟玮大唱的声音依然传了进来：

“……岑夫子，丹丘生，将进酒，杯莫停。与君歌一曲，请君为我倾耳听。钟鼓馔玉不足贵，但愿长醉不愿醒……”

茵茵用手掩住了耳朵，闭上眼睛，沉痛地自语：

“怎么办呢？这是怎样的一种生活！这样的岁月何时能止？何时能休？”

孟玮大唱大闹，一直吵到深夜。然后，他突然冲进画室里，没一会儿，茵茵看到他抱出一大堆平日精心所绘的画来，向外面走。茵茵追过去，拉住他说：

“你把这些画拿到哪里去？现在已经是半夜了！”

“我把它沉到西湖里去！”孟玮说，踏着醉步，踉跄地向外走。

“不要！”茵茵叫，“你发疯了！把画给我！”

“你不要管我！”孟玮想推开茵茵，但是，茵茵死死地抱住他的脚，不放他出去，他挣扎着，嘴里乱嚷乱骂，“混蛋！快松手！你这个臭女人！给我滚开！滚得远远的！”

“你不能去！你醉了！”茵茵哭着叫，“你淹掉了画，明天清醒了就要后悔！”

“你给我滚开！听到了没有！混蛋！简直混蛋！”孟玮一面推茵茵，一面挣扎地向门口走，茵茵缠得很紧，他无法脱身，脚步又踉跄不稳，一阵挣扎之后，他站不住脚，两个人一起滚倒在园子里，画散了一地。孟玮摇晃着站起来，剧烈地喘着气，在酒醉中大怒起来。他瞪着血红的眼睛，抓起了茵茵胸前的衣服，咬牙切齿地说：

“你这个贱人，我今天要你的命！”

茵茵惊叫了一声，孟玮已给了她兜胸一拳，她眼前一阵发黑，倒在地下。孟玮又直扑了过来，像一只野兽般对她大声咆哮，拳打脚踢。茵茵在地上打滚，哭着喊：

“孟玮，别打！求你，孟玮！”

可是，孟玮在狂怒中殴打不止，直到茵茵声嘶力竭，蜷缩在地下无法动弹，他才收了势，喘着气走进卧室，立即倒在床上呼呼大睡了。

茵茵勉强支撑着站起身来，眼前发黑，四肢连同浑身上下，无一处不撕裂般地痛楚着，她不稳地扶着墙走进客厅，就力乏地倒在一张椅子里，她抓住椅背，在痛苦中泪下如雨。

"不能这样过下去了，明天，我一定要走了。"她酸楚地想，"我可以和一个穷艺术家一起生活，但无法和一个酒鬼一起生活。"

第二天早上，孟玮醒了过来，昨夜的事在他脑子里朦朦胧胧的，一点都不清楚，只模糊地感到好像发生了什么。他叫了两声"茵茵"，没有人答应。他下了床，走进客厅里，一眼看到茵茵正睁着一对大而无神的眼睛，呆呆地靠在椅子里。他走过去，不禁大吃一惊，茵茵鼻青脸肿，头发凌乱，满面泪痕。他骇然地蹲下身子，抓住她的手臂，她瑟缩了一下，他才看到她手臂上也是伤痕累累，他惶然地问：

"茵茵，这是怎么回事？"

听到他问怎么回事，茵茵心中一酸，热泪立即夺眶而出。看到孟玮那惊恐无助的表情，她知道他并不明白昨夜做了些什么，一种怜悯和同情的情绪又油然而生。她抽噎地说：

"你难道不知道？"

"真的，我不明白，是怎么弄的？"

"问你自己！"

"问我？"孟玮蹙起了眉头。

"忍饥挨饿，我都可以受……"茵茵流着泪说，"但是，孟玮，你别再打我！”

“我打你？”孟玮骇然地叫，于是，昨夜的经过，模糊地出现在他的脑子里，眼望着遍体鳞伤的茵茵，他不禁心如刀绞、五内如焚。抚摸着茵茵的伤痕，他抱头痛哭起来。

“茵茵，我该死，我该死，我该死！”他反复哭叫着这两句，捶胸顿足，泪下如雨。反而是茵茵拉住了他，于是，他抱着茵茵，又泣不可抑，赌咒发誓地对茵茵说：

“如果我再喝酒，我就不是人！假若我再碰伤你一根毫毛，我就死无葬身之地！”

“玮，别发誓，”茵茵哀婉地说，“如果你能真心戒酒，我们再好好地开始。你记不记得我们离开杜美大厦时，在爸爸面前说的豪语？我发过誓，死在外面，也不回杜美路的！玮，别让我真的死在外面，别让我对爱情灰心！”

“茵茵！茵茵！”孟玮痛悔地说，“我对不起你！但我保证，这种事不会再有第二次了！”

“但愿如此！”茵茵祈祷似的说。

事隔三天，孟玮被广告公司裁退了，因为他的画没收到广告效果。

他又喝得酩酊大醉回家，当茵茵上前责备他违誓的时候，他给了她一耳光，咆哮着说：

“滚！给我滚得远远的！”

茵茵回到房里，含泪收拾东西，预备立刻离开。但，当她提着包裹走出来，看到孟玮已倒在地下睡着了，她的心又软了下来。她望着那年轻而漂亮的脸，不由自主地坐在他身边，怜悯、同情和那未曾熄灭的热爱都同时在胸中蠢动。她用手抚摸他，像一个溺爱的母亲抚摸她的孩子。一时，她泪如泉涌，喃喃地说：

“知有而今，何似留初莫。”然后，她哭倒在他的身旁，一再地说：“叫我怎么离开你？叫我怎么离开你？生死不渝的恋爱难道就这么禁不起考验？我怎能离开你？我怎忍离开你？在你如此落拓潦倒的时候？”

于是，这一缕柔情，又把她系在他身边，而日以继夜，他的酗酒殴妻，却变成了家常便饭。

在西湖边的第二年春天，茵茵生了一个女孩子，取名小葳。

生活变得更加困苦了，三餐不继，衣履无着。孟玮酗酒如故，喝醉了就回家打人，醒了再痛哭流涕地后悔。茵茵接了许多抄写的工作来，勉强维持家庭，孟玮也偶尔卖一两张画，买的人纯粹是同情茵茵而勉强购买，孟玮了解这一点，心中沮丧郁闷到极点。

这天晚上，孟玮醉醺醺地回到家里，才走进大门，就看到茵茵仓皇地抱着小葳，躲在壁角。他向她们走过去，茵茵立刻受惊地喊：

“别！玮，你会打伤孩子！你别过来！请不要伤害我的孩子，她还那么小！”

孟玮瞿然而惊，他站住，酒醒了一大半。这才发现茵茵对他是如此之恐惧，好像他不是一个人而是个魔鬼。她抱着孩子，浑身战栗，用一对防备的眸子惊恐地望着他。他感到心中一寒，立即全身冷汗，在茵茵眼睛里，他看出了自己，那个酗酒、打人、咒骂……的恶汉！他打了一个冷战，踉跄地退到园子里。园中月明如昼，夜凉似水，清新的空气使他脑中再一爽，他不由自主地在庭心跪下，仰首向天，喃喃自誓：

“我孟玮如再喝酒打人，将永劫不复了！”

他跪着，从深夜一直跪到天亮。茵茵不放心，出来看他，他说了许多懊悔的话，他们在曙色中拥抱痛哭，共同祈望着光明的未来。她始终认为，她的孟玮不会沉沦的。

他改好了三天，第四天，他又酗酒如故，于是，茵茵开始明白，她所爱的孟玮已经死去。

这是个大风大雨的夜晚。

孟玮握着酒瓶，七颠八倒地冲回了家里，茵茵正在灯下抄写。他的样子使她害怕，她站起来，想躲开他，但他一把抓住了她，叫着说：

“你每次看到我就跑，难道我会吃了你！”

“请你放开我！”茵茵战栗地说，“你别再打我！上次你把我的手打伤，害我一星期不能抄写，你放开我，请你！我还有好多工作要做，你放开我！”

“你说我让你受苦了，是不是？”孟玮挑衅地问。

“我没说什么，是我甘愿跟你受苦的。”茵茵说，一时回忆往事，“神鞭公主”的时代早已如烟如梦，不禁痛定思痛，而泪流满面了。

“你哭！我还没有死，你就给我哭丧！”孟玮大骂地说，“就是你拖住我，使我不能发展，你还一天到晚鬼哭神号！”

“孟玮，你说这话太不公平！”茵茵哭着说。

“我不许你哭！”孟玮恶狠狠地喊，“我没有亏待你！这世界上没有人赏识我，这不是我的过错！我没有要亏待你，我一直想给你好日子过，命运不好又怪不了我！你哭什么鬼！你怪我欺侮了你？虐待了你？”

“我没有怪你。”茵茵说着，哭得更厉害了。

“你给我闭起嘴来！”孟玮狂叫着，打了茵茵一耳光，“我没有亏待你，你为什么要哭？”

“你别打我，我不哭了！”茵茵挣扎着说，眼泪却不受控制地涌了出来。这激发了孟玮的怒气，于是，又是一阵拳打脚踢。正在纠缠之中，一声清亮的儿啼声传了过来，使孟玮浑身一震，他停了手，侧耳听着孩子的哭声，一种天然的父爱在他心中升了起来，他的酒醒了。于是，他昏然地摇摇头，向女儿的床边走去。茵茵惊喊了一声，就冲过去，从床上抢起了孩子，抓了一条毛毯裹住，向门边退去，一边退，一边恐怖地说：“你可以打我，不要打孩子！不要……不要……”

孟玮愕然地呆了一呆，走过去说：

“我没要打她……”

看到孟玮走过来，茵茵狂叫一声，抱紧了孩子，拔腿就向外跑。孟玮追上去，叫着说：

“我不打你们！快回来，外面那么大的风雨……”

可是，茵茵已抱着孩子，投身于风雨之中了。孟玮追了出去，大声地叫着：“茵茵！回来！小葳！回来！茵茵！小葳！”

茵茵听到身后的喊声，就越发狂奔不止。她绕着西湖的岸边跑，直到听不到孟玮的声音为止。她站住了，风雨狂扫着，她的衣服已经湿透了，她搂紧了小葳，四周漆黑如墨，只有半山的寺庙里有着灯光，水面波光粼粼，雨声瑟瑟。她茫然伫立，不知该何去何从。

“家，是不能再回去了。”

她茫然地想着，雨更大了。

“茵茵！回来！”

“小葳！回来！”这呼声使她悚然而惊，她想跑，但是，跑到何处去？一刹那间，她想起自己百万财产的父亲，同时，父亲那冰冷冷的声音也荡在她耳边：

“等你梦醒的时候，不许来找我！你就死在外边！”

她凄然而笑。

“茵茵！回来！”

“小葳！回来！”

呼声更近了，她仓皇四顾，找不到可以遁身的地方。她对湖水望过去，湖水无边无际地伸展着、荡漾着……她闭上眼睛，感到头晕目眩，一个站立不稳，湖面就对她的脸直扑了过来。一阵冰冷的浪潮攫住了她，她想喊，但水涌进了她的嘴里，她再也喊不出来了。

孟玮沿着湖岸狂奔狂叫，声嘶力竭，所有住在湖边的人，都听到这风雨中惨号般的呼叫声。第二天黎明，他在湖边发现了那条包裹小葳的毛毯和茵茵的外衣。他呆呆地站着，望着那广阔的湖面，又望望地上所遗留的两件东西，他对地上的衣服扑过去，拿起了那件衣服，衣服上沾着一根枯枝，他拾起了小树枝，摩挲着它，泪流满面，自言自语地说：

“这是茵茵的手臂，她已瘦成这样子了！”

他小心地用那件外衣，裹起了树枝，紧紧地抱在怀里，踉跄地向前走，一面低低地说：

“我要你活得快快乐乐的！茵茵！我爱你！”说着，摸摸那树枝，又摇头，叹气，流泪，“茵茵已经这么瘦了！我的茵茵病了！”

从这日起，孟玮疯了。茵茵和小葳的尸首始终没有捞获。神鞭公主从此而逝，留下了一个破碎的梦和一条鞭子。

每到风雨之夜，孟玮仍沿着湖边找寻他的妻女，惨叫之声，几里路外都可听到。

“茵茵！回来！”

“小葳！回来！”

好，第四个梦已经完了。

小纹，抬起头来吧，故事已经结束了。怎么，你流泪了？孩子，日月永不间断地运行，多少的悲剧都过去了，多少的喜剧也过去了，这只是一个小小的、凄凉的梦，让它也过去吧！逝者已矣，何必伤心？

你听，窗外那淅淅沥沥的声音，是什么时候，已经开始下雨了？

第五个梦

归人记

广楠的手扶在驾驶盘上，把车子缓缓地向前开动。他并不匆忙，由昆明来的班机要十一点钟才到，现在才刚刚过了十点。事实上，他是不必这么早到飞机场的，但是，自从接到晓晴归来的电报之后，他就没有好好地平静过一小时，今天，晓晴终于由昆明飞重庆，他就算不到飞机场上，也无法排遣这一上午焦灼的期待的时光。因此，他宁可早早地坐在候机室里，仰视窗外的白云蓝天，仰视那带着她的巨物翩然降临。

车子向前滑行，扬起了一片尘雾。他凝视着前面的公路，不相信自己会过分激动。激动，属于青年人，不属于中年人。可是，他握着方向盘的手已不稳定，他直觉地感到自己每个毛孔中都充塞着紧张。晓晴，她还和以前一样吗？十年，能够让一个女人改变多少？他脑子里的晓晴，仍然是十年前那副样子：淡淡的装束，淡淡的服饰，淡淡的浅笑的脸上，带着一抹淡淡的情意。就是那样，飘逸的，清雅的，如凌波仙子般一尘不染。近几天来，他曾揣测过几百次她可能有的改变，但，他心目中出现的影子，永远是十年前那样飘然若仙。

尘雾扬起得更多了，玻璃上积着一层黄土。他觑眯起眼睛，仿佛又看到她——晓晴。

晓晴原来的名字叫小琴，她嫌俗气，进了高中之后，自己改名叫晓晴，广楠曾笑着说：

“小琴，晓晴，声音还不是一样。”

“写起来就不一样。”她瞪他一眼。那年，她才十五六岁，拖着两条长长的小辫子。

晓晴是广楠表姨的女儿，算起来也是表兄妹。但，晓晴自幼父母双亡，被托付给广楠的母亲，因此，她也算是宋家的一员。从八岁起就寄居于宋家，在宋家受教育，在宋家生活、成长。

一瞬间，十五六岁的女孩就变成了十八九岁。

很小的时候，广楠就听母亲说过：

“晓晴迟早要做我们宋家的人，看着吧！”

广楠是宋家的独子。到广楠念大学的时候，每想到这句话，心里就甜丝丝的。可是，在晓晴面前，他反失去了儿时的洒脱和无拘无束，只因为晓晴浑身都带着一种咄咄逼人的雅洁和宁静，使他在她面前自惭形秽。

宋家是重庆的豪富之家，广楠自幼被呵护着，捧菩萨似的捧大，难免养成了许多公子哥的习气。例如，他爱吃炒鸡丁，饭桌上就没有一餐缺过炒鸡丁。他爱养鸟，家里的廊前檐下，就挂满了鸟笼子。一天，他提着个鹦鹉笼，正在费心地教那鹦鹉说话，晓晴不知从哪儿绕了过来，穿着件白底碎花旗袍，两条乌油油的大辫子，一对清清亮亮的眸子，对他似笑非笑地凝视着，他至今记得她那神态，像是关心，像是嘲讽。她把胳臂放在栏杆上，看着他教，他反而不会教了。她笑笑说：

“以前林黛玉的鹦鹉会念‘侬今葬花人笑痴，他年葬侬知是谁？……一朝春尽红颜老，花落人亡两不知！’你的鹦鹉会念些什么？”

“它只会说：‘早，请坐！请坐！’”广楠讪讪地说。

晓晴嫣然一笑，他这才看出她笑容里那份淡淡的嘲讽，她说：

“把它的舌头再剪圆一点，或者也能教它念念诗。反正除了教鹦鹉，你也没什么事好干！”

从此，他不敢在她面前教鹦鹉。

另一次，他和几个同学到一个重庆市有名的地方去喝了一些酒，夜游归来，踏着醉步，踉跄而行。才走进内花园，就看到晓晴靠着栏杆站着，在月色之下，她浑身散发着一层淡淡的光影，白色的衣裳裹着她，如玉树临风，绰约不群。他走过去，有些情不自禁地伸手抓住她裸露的手臂，借酒装疯地说：

“晓晴，是不是在等我？”

她不说话，但用她那黑亮的眼睛静静地望着他，望得他忐忑不安，在她宁静的注视下，他觉得自己越变越渺小，越变越寒碜。终于，她安详自若地说：

“表哥，你醉了。”

“是的，我大概是醉了。”他放开了她，感到面颊发热。她心平气和地说：

“回房去吧，别再受了凉。”

他立即走开了，在转身的一瞬间，他又接触到她的眼光，他看到一些新的东西，那里面有温柔的关怀和近乎失望的痛心。他一凛，酒醒了，心也寒了，第一次，他看出晓晴可能不会属于宋家了。

车子开进了珊瑚坝飞机场，在停车场停下车子，他走出车门，站在广场上，看了看天。好天气，天蓝得耀眼，早晨的雾早就散清了。走进了候机室，表上的时间是十点十二分。在一张长椅子上坐下来，燃起了一支烟。候机室里冷清清的，只有寥落几个人在等飞机，远远的一张椅子上，躺着一个断了一条腿的军人。

他吸了一大口烟，望着吐出的烟圈往前冲，越冲越淡，终于扩散而消失。手上的烟头，一缕缕轻烟在袅袅地上升着。

他始终后悔把若梧带进他的家。至今，想起若梧，他心里还是酸溜溜的、别扭的。

若梧是他大学里的同学，短小精悍的个子，剑眉朗目，长得还算漂亮，就吃亏个子太矮。但，他很会说话，很幽默，又很风趣。而且，为人很好，是地道的四川人，不像广楠是从北方移来的，也有四川人的那份侠义之风，在学校里，他也算个出风头的人物。

他记得怎样把若梧介绍给晓晴：

“这是李若梧，我的好朋友，这是徐晓晴，我的表妹。”

晓晴淡淡地一笑，点了个头，若梧的眼睛立刻亮了亮。那天，他们三个谈得很高兴，晓晴笑得很多，若梧谈笑风生，潇洒倜傥。他们畅谈文学诗词，若梧发表了许多独到的见解，晓晴眉毛上带着赞许，眼睛里写着钦佩。他立即知道自己做了一件大错事，但是已来不及挽回了。

当天，在校中，若梧问他：

“你那个表妹，和你怎样？”

“怎么说？”他犹疑地问。

“如果你对她没意思，那么，坦白说，麻烦你做个牵线人……”“哼！”他哼了一声。“那么，老弟，你是有意思了，放心，广楠，我李若梧决不掠人之所好！广楠，你真有福气，千万别错过她，我从来没看过这样可爱的女孩子！”

可是，若梧虽然这样说，他却成了宋家的常客。没多久，广楠就发现晓晴和他很谈得来。而且，晓晴认识他没几天，就好像比和共同生活了十几年的自己更没有隔阂。他们在一起，晓晴就比平常快活，她的笑变成了广楠心上的压力。因此，每当他看到晓晴对若梧微笑，他就感到被嫉妒烧得发狂。

一天，家里来了一群年轻的客人，有晓晴的男女同学，有广楠的同学，还有若梧。他们在大厅里玩得非常开心。他们玩成语接龙，接不出的被罚。若梧被罚了一次，他唱了一支法文歌，歌名叫《你明亮的眼睛常在我心里》，广楠一肚子不高兴，他觉得若梧这首歌是专对晓晴唱的。接着，晓晴也被罚了，她也唱了一支歌，是《燕双飞》，她柔润的声音唱出“燕双飞，画栏人静晚风微……”的时候，她的眼睛轻轻地瞟了若梧一眼，虽然瞟得那么快，广楠却没有放过。顿时，他感到好像浑身都浸进了冷水里，全身不自在了起来，他认为晓晴是故意被罚，而借歌声在向若梧暗示什么。于是，他兴味索然了，在嫉妒与不安的情绪下，他接龙接得一塌糊涂，一连被罚了好几次，晓晴微笑地望着他，似乎奇怪他的反常，他觉得她的微笑中带着讽刺和轻蔑。于是，他更生气，他故意接错成语，故意结结巴巴接不出来，晓晴的眉毛向上抬，笑意更深了。他沉不住气，突然说：

“我有点急事，要先退一步，你们继续玩吧！”

但是，若梧跟了上来说：

“我也有点事，一起走吧！”

或许是若梧故示大方，不留下来，表示没有追求晓晴的意思。但，广楠却不领他这份情，因为，他注意到当他掀起门帘，和若梧退出房间的时候，晓晴眼睛里的生气完全消失了，一脸的怅惘和懊丧。他知道，这份怅惘不是为他而发的，是为若梧。

当天晚上，他借故到晓晴房里去，一眼看到晓晴正摊着一本《白香词谱》，在那儿填词呢。他冒失地冲上前去说：

“填了什么句子，给我看看！”

晓晴立刻把桌上的纸一把抓起来，揉成一团。可是，广楠眼尖，已经看到了两句话，是：

卷帘人去也，

天地化为零。

他感到一股酸气从胃里直往上冲。“卷帘人去也，天地化为零。”这显然是写白天的事，那个卷帘而去的人当然不会指他，而是若梧。若梧的离去竟然使她有“天地化为零”的感觉，这份情态的深厚也就可想而知了。这股酸气一冲把他原来的来意都冲掉了，他呆愣愣地站着，晓晴也默默无言。他知道晓晴明白他已看到了词里的句子，因此红着脸不好意思开口。她那微红的脸和羞涩的眼睛使他爱得想杀死她，如果这脸红和羞涩是为他而发，那有多好！但她是为了另一个男人！这令他无法忍耐，终于，他跺了一下脚，长叹一声，离开了她房间。

这之后的一天，他看了个朋友后回家，发现若梧正和晓晴在花园中谈话，他们站得很近，脸对着脸，若梧的表情是热烈而诚恳的。晓晴呢，他永不会忘记她那副样子，那绯红的双颊和水汪汪的眼睛……他走过去，他们同时发现了他，两人都显得很不好意思，晓晴搭讪了两句话就走了。他把若梧拉出了家门，散步到河边，两人都阴沉沉的不开口。然后，在嘉陵江畔，他对若梧的下巴挥了一拳，他把一腔的嫉妒和怨恨全发泄在拳头上，这次打斗很快就被路人拉住了，他咬着牙，对若梧说：

“你永远不要上我家的门！永远不许对晓晴转念头！”

若梧凝视着他，一句话也不说。

这之后，若梧倒是真的没有再上他家的门，也没有纠缠晓晴，但是，晓晴对他也更冷淡更疏远了。他猜晓晴一定知道了他和若梧打架的事，她用一种令他心痛的沉默和冷峻来抗议他的行为，这比骂他打他更让他难过，每次看到了她冷漠的脸和转开的头，他就感到浑身被撕裂似的痛楚。在这时候，他已清楚地明白，晓晴是真的不会成为宋家的人了。

一支烟烧完了，他换了一支，表上的时间是十点半。思想已绕了那么一个大圈子，时间才只走了这么十几分钟。他往后靠在椅子上，候机室里的人已经渐渐多了，空气变得混浊了起来。前面一张椅子上，来了一个老太太，大概是来接儿子或是女儿的，看她那股期盼劲儿，也是多年的离散了吧。

晓晴是一九三六年的春天走的，到现在刚好整整十年。十年，人世的变化已经有多大！一次惊天动地的战争已发生而又结束了，在这战争中，许多人死了，又有许多人生了。死于战争的，例如广楠的父母，就在一九四一年的重庆大轰炸中丧生。而广楠的三个孩子，却在这段时期中陆续出世。

他又深吸了一口烟。父母！他还记得父母为他和晓晴的事曾经怎样操心过，怎样徒劳地努力过，怎样热心地撮合过……

“晓晴？晓晴是我们家带大的，凭我们的家世和财富，难道还委屈她了吗？为什么不肯？这事由我来跟她说，一定没问题！”母亲用坚定的声音说。

于是，那天晚上，晓晴被带进了母亲的屋子。广楠仍能清晰地回忆出她踏进房来那一刹那，望望母亲，望望父亲，又望望广楠，脸色立即显得十分不安。至今，他仍然懊悔那晚大家对晓晴的逼迫，那种情况，和父亲严肃的面孔，真有点像三堂会审。

“晓晴，到我这儿来。”母亲首先把晓晴拉过去，按在身旁的椅子里。晓晴被动地坐着，被动地望着父亲和母亲，有种听天由命的神情。

“晓晴，”父亲咳嗽了一声，严肃地说，“你知道，男大当婚，女大当嫁，你今年也十九岁了，广楠也二十五了，都早已到了该结婚生子的年龄。你是我们家里带大的，和广楠可说是青梅竹马，这事早就是定局了。我看，你们已经长成，我们就择个日子，把婚事办一办，也让我们两个老人了一件心事。”

父亲说话的意思，显然采取了先声夺人之势，想用理所当然的态度，立即就堵住晓晴可能会有的反对。果然，晓晴马上就愣了愣，有点不知所措。然后，她把目光慢慢地调过来，凝注在广楠的脸上，她的眼睛里充满了一种沉默的责备和怨恨，这使广楠的心一下子就掉进了冰窖里。望着晓晴逐渐苍白的面孔，他猜想自己的脸色也同样苍白。终于，晓晴慢吞吞地说：

“如果表姨夫的话是对我的命令，我自然应当从命。古人一饭之恩，尚当结草衔环，何况我被表姨夫养育了十几年，如果您命令我嫁给表哥，我就嫁。”

父亲被激怒了，假如那天父亲不发脾气，或者事情也不至于弄得不能转圜。但是，父亲向来暴躁易怒，晓晴冷冰冰的口气和略带嘲讽的句子立刻使父亲暴跳了起来，他拍着桌子说：

“你弄清楚，晓晴，我宋某人可不在乎给你吃了十几年饭，我也没有要你为了报答我而嫁广楠！我们宋家的家世不会配不上你！广楠的人品也不会配不上你！选你做媳妇是看得起你，广楠不麻不癞不缺腿少胳臂，你弄清楚，宋家娶你可没占你什么便宜！”

晓晴的脸色更白了，衬托得那对黑眼珠就特别地黑，特别地亮。她从椅子里站起来，恭敬地说：

“那么，表姨夫，您还是抬举别家的女孩子吧，我自认为配不上表哥！”

父亲气得发抖，他指着晓晴说：

“你，你是什么意思？”

“我是说，”晓晴挺着她那瘦瘦的肩膀，却显出无比地坚强，“我只是个穷苦伶仃的孤女，实在配不上表哥，表姨夫还是给表哥另选一个吧！”

“好！”父亲颤颤抖抖地说，“把你带大了，给你受最好的教育，你就眼高于顶了！”

猛然间，他看到晓晴眼里升起了两颗大大的泪珠，接着，泪珠就沿着那白得像大理石一般的面颊上滚落下去。他一惊，立即跳起来说：

“爹，别逼她！”

同时晓晴向地下一跪，说：

“表姨和姨夫的大恩大德，我徐晓晴终生不忘，愿意从今侍奉两老，做丫鬟婢女来报答。”

宁愿做丫鬟婢女，却不愿嫁给广楠。广楠心中像硬插入一把刀一般，他咬紧了嘴唇，抵住胸中翻涌着的痛楚和屈辱的浪潮，她看不起他，这念头使他要发疯。母亲走过去，一把拉起了晓晴，一面对父亲递眼色，一面好言好语地说：

“晓晴，你别发急，这事情当然要你同意，我们并没有要逼迫你嫁给广楠。平日我看你和广楠处得也不错，为什么又不愿意了呢？你是不喜欢广楠吗？”

晓晴摇了摇头，低声说：“不是。”

“那么，为什么呢？”

“我只是觉得年龄还小，不想结婚。”

“这样的话，就好办。晓晴，你说说看，你要广楠等你几年？”母亲紧逼着说。

晓晴微张着嘴，抬起眼睛来扫了广楠一眼，低声吐出了两个字：

“十年。”

“啪！”的一声，父亲拍着桌子直跳了起来，指着晓晴的脸说：“好，晓晴，你不要以为你长得还漂亮，书念得还不错，就看不起人！我告诉你，我们宋家想找比你强十倍的女孩子也找得到，你别自以为了不起！”说着，他又转过头去看着广楠，气呼呼地说：“广楠你给我争点气，干吗要认定了晓晴？我给你打包票，三天之内，我给你找一个比晓晴更漂亮的女人来！从今天起，我们宋家放出消息去，要给儿子物色媳妇，包管全重庆市的女孩子都要心动，广楠，你给我放高兴点，天下不是只有一个女人！”

晓晴的眼睛睁得大大的。泪光莹然，一瞬也不瞬地望着窗外。广楠一看到她那对眼睛，就觉得爱之入骨，也痛之入骨。失去晓晴，他还要什么天下？他无法说话，只能咬紧了嘴唇，咬得牙齿深陷进肉里。于是，他听到父亲在对母亲说：

“马上去找人来给楠儿做媒，告诉媒人，我们宋家要娶的是儿媳妇，不是才女，所以，要认定了三个条件：第一，要穷人家的女儿，能够知道持家度日。第二，要没念过太多书的，免得像晓晴那样目空一切。第三，要是个绝色，最低限度，也要比晓晴漂亮的。根据这三点，马上去找，我要在半年之内，给广楠完婚！”

候机室里的人已经满了，喧嚣的人声充塞在大厅的每个角落里，一些孩子满屋子奔跑。那个断了腿的伤兵开始拄着拐杖沿室乞讨，这就是战争的成绩。他抛掉了手里的烟蒂，表上的时间是差五分十一点。不过，班机向来要误时的。他站起身，紧张又渐渐地爬上了他的脊梁，他不安地走到靠近停机场的窗边，仰望着那无边无际的天空。虽然春寒仍重，他却微微地出汗了。晓晴，她去国是整整十年了，十年，这不正是她当初说出来的年限吗？如果他真能等十年，现在她该属于他了。

隆隆的机声由远而近，这机声像从他的心脏上碾过，他的紧张更厉害了，仰望着天，在人们的喧嚣中，扩音器的播放中，他注视着那庞然巨物由天而降，在跑道上向前冲，终于停住。太阳光在银色的机翼上闪耀，梯子被推到机舱门口……他伸手到裤袋中，再摸出一支烟，用微颤的手燃起了烟。

旅客从机舱里鱼贯地走了出来，迎接的人开始胡乱地挥着手呼叫。广楠杂在人潮中，一瞬也不瞬地望着舱门，接着，他的眼睛一亮，晓晴出来了。尽管已经十年不见面，尽管距离得那么远，他仍然一眼就能认出她来。一身鹅黄色的春装，一条系着长发的鹅黄色的纱巾，她仍然喜欢浅色的装束。望着她从梯顶娉婷而下，裙角和纱巾迎风飞舞那份飘然韵致，恍若当年。他的眼睛突然湿润了，在这一刹那，他才领会到十年以来，自己对她的感情竟毫未淡忘。相反地，思慕及怀念更使往日那份深情来得更浓烈、更深切了。

在验关之后，他和晓晴才见到面。

晓晴凝视着他，那对清亮的眸子一如当年，她嘴角含着个微笑，眼角却是微润的。广楠几乎不能相信，她仍然那样年轻，那样纤细苗条，时间好像不曾从她身上碾过。唯一和以前不同的，是一种成熟的美，代替了以前的稚弱。他在自己激动的情绪下浮沉，竟不能开口说话，他们对视了一段很长的时间，他才颤抖着嘴唇说：

“晓晴！”同一时间，晓晴也开口叫出了：

“表哥！”

于是，她抓住了他的手，他们都笑了，她摇着他，带着以前所没有的一种豪放的热情，叫着说：

“表哥，我真想拥抱你！”然后，她用手抹抹眼角，似乎又想笑又想哭，说：“表哥，你好像瘦了些！”然后，又仔细地望他：“你的眼角添了几条皱纹，但是，比以前更漂亮了。表哥，好吗？一切都好吗？”

他握握她的手，提起了地下的皮箱说：

“来，先上车子，慢慢再谈。”

坐进了汽车，晓晴才想起什么似的，问：

“怎么，表哥，美姿呢？”

“她？”广楠耸了一下肩，想说什么，又咽了回去，改说，“她在家带孩子。”

“你是两个孩子了吗？”

“不，三个。小宝是去年冬天生的，才五个月大。”

晓晴笑了笑，不再问什么。广楠手扶着方向盘，却不发动车子，而一个劲地盯住晓晴看，晓晴也默默地回望着他。于是，他的手从方向盘上放下来，压在她的手背上，激动地说：

“晓晴，国外没有适当的男孩子吗？”

晓晴把眼睛调开，深吸了一口气说：

“我只是喜爱独身生活，无拘无束。”

广楠发动了车子。汽车在路上滑行，尘雾又扬了起来。晓晴望着前面的道路说：

“美姿好吗？你们的生活很愉快吧？”

“愉快？”广楠苦笑着，凝视着黄土的公路。

那一天，广楠下了课回家，在客厅里，他看到晓晴和一个女子正坐着谈天。晓晴给他介绍说：

“这是何美姿小姐，我初中时的同学，我请她到我们这儿来玩的。”他望着美姿，修长的眉毛，大大的眼睛，睫毛长而微卷，端正的鼻子下是个不大不小的嘴。一件朴素而略嫌寒碜的蓝布旗袍，裹着的是个诱人的丰满的身子。这是个标准的美人，如果能再加以妆饰，广楠相信她可以艳惊四座。他停留在客厅，和她们略事周旋，美姿很怕说错话，问三句，才答一句，那股腼腼腆腆的样子也还能逗人怜爱。但是，天知道，广楠对她却一点念头都没有转。

这天晚上，晓晴问他：

“你看美姿如何？”

“你是什么意思？”广楠皱着眉说。

“她正合表姨夫的三个条件，”晓晴从容不迫地说，“第一，她是家贫如洗。第二，她只受过初中教育。第三，美丽绝伦。”

广楠抓住了晓晴的手臂，用力握紧，忍着气说：

“不错，你代我想得很周到。”

晓晴抬抬眼睛说：“她对你不是比我更合适吗？你又不能耐心地等我十年。试试看，和她交交朋友。你会发现她很适合你的。”

“不错，她一定能适合。”广楠用力甩开晓晴的手臂，转身走开了。

三个月之后，他和美姿结了婚。

他婚后一个月，晓晴考取了公费留法，学艺术。两老也认为广楠既婚，晓晴留在家里不大妥当，于是，顺理成章地，晓晴就去了法国。

一晃眼间，十年过去了。晓晴已回国，依然故我，孑然未婚，而他却已儿女成群了。愉快吗？怎么说呢？父亲想得很好，贫穷的女孩子能持家，无知的女孩子会谦虚。但是，美姿进门之后，由赤贫到豪富，她却如同一个暴发户一般，立即作威作福起来，婢女成群，骄奢无状，然后不容公婆，终日吵闹，广楠只得带她分居出去。故宅被炸，两老蒙难，广楠总认为自己不能辞其咎，如果他在老宅子里，两老绝不至于不躲警报。反正，这些事都过去了。愉快吗？他哑然苦笑了。

车子停在一栋西式的洋房前面，房前有一个铁栏杆围着的花园。晓晴下了车，张望着说：

“环境还不错嘛。”

广楠把箱子提了下来，说：

“你知道我们的旧宅已经炸毁了吧？”

“你写信告诉过我，”晓晴说，“全毁了吗？”

“西厢房保存了大部分，你以前住的那间居然丝毫无损，有时，我不痛快的时候就到那间房子里去坐上半天。”

晓晴凝视着他。广楠不禁怦然心动，他在她眼睛里看到一丝恻然的柔情。

把车子开进了车房，广楠带着晓晴走进大门，踱进客厅。客厅里的设备是纯西式的，落地的窗帘、沙发椅和收音机。

如今，客厅里是一片凌乱，沙发上堆满了孩子的玩具和撕破的书籍、杂志，地上是沙发椅垫、瓜子皮、广柑皮，撒得遍地。隔夜的麻将桌子还没有收，骨牌散在桌子和地下。广楠深深地一皱眉，扬着声音喊：

“美姿！美姿！”

根本就没有人应。广楠又喊：

“张嫂！张嫂！”

喊了半天，一个四十余岁的仆妇，抱着个哇哇大哭的小婴儿走了进来。广楠锁着眉说：

“这客厅是怎么搞的？到现在还没有收拾？”

“忙不赢嘛！”张嫂嘟着嘴，用四川话嚷着，“要抱弟弟，要洗尿片，哪个有时间收拾！”

“阿翠呢？阿翠到哪里去了？”

“太太叫她去买柳丁。”

“太太呢？”

“还没起来嘛！”

“去告诉太太，表小姐来了。哦，张嫂，来见见表小姐，倒杯茶来。”

张嫂过来见了晓晴，晓晴从皮包里掏了个预先准备好的红纸包，塞给了张嫂，张嫂眉开眼笑，晓晴又要塞红包给小宝，被广楠梗阻住了。广楠问张嫂：

“表小姐的房间准备好了吧？”

“好了。”

“把表小姐的箱子提进去，再去请太太来。”

张嫂走开后，晓晴坐了下来，解下了系头的纱巾，一头如云的长发披了下来，更增加了几分妩媚。广楠拿出香烟，询问地看看晓晴，晓晴摇摇头说：

“你什么时候学会抽烟的？”

“你走后的第二天。”广楠说，望了晓晴一眼。

张嫂又走了进来，拿了一杯白开水，扭捏地说：

“家里没得茶叶了，喝杯白茶吧！”

广楠苦笑一下说：

“家里永远没有茶叶，客人来了就只好倒白开水，美姿美其名为‘白茶’。”

晓晴笑笑。在张嫂背后，门口有一男一女两个孩子在伸头伸脑地偷看着，广楠喊了一声：

“牛牛！珮珮！出来见见表姑！”

两个孩子推推攘攘地进来了，大的是个男孩子，大约八岁，小的是个女孩，大约五岁。晓晴一手拉了一个，细细地看他们，两个孩子都长得不错。但牛牛却名不副实，看起来纤弱得很，带点儿哭相和畏羞，显然是个女性化的男孩子。珮珮正和牛牛相反，粗壮结实，浓眉大眼，毫不认生地直望着晓晴，这又显然是个男性化的女孩子。晓晴拍拍他们的肩膀说：

“等一会儿表姑开了箱子，有一点小礼物带给你们。”

“是什么？”珮珮仰着头问。

“牛牛的是一支会冒火光的小手枪，珮珮是个会睁眼闭眼的洋娃娃。”

“我不要洋娃娃，我要小手枪。”珮珮说。

“好了，珮珮，”广楠来解围了，“别闹表姑了，去看看妈妈起来没有？都十二点了！”

珮珮蹦跳着走了，牛牛也悄悄地溜出了门去。这儿，广楠凝视着晓晴，问：

“国外生活如何？”

“哪一方面？”

“读书、做事、交友，和——爱情。”

晓晴撇撇嘴，微微一笑。正要说话，门口走出一个女人，蓬着头发，穿着睡衣，满脸的残脂剩粉，边走边打哈欠。广楠不满地叫：

“美姿，你看谁来了？”

美姿一眼看到晓晴，不禁一愣，晓晴已笑着站起来，喊着说：

“美姿——不，该喊表嫂，你好吗？”

“哎哟，”美姿叫了起来，“晓晴，你都来了，我还在睡觉呢，你看，我连脸都没洗……哎哟，晓晴，你怎么还是那么年轻漂亮，我可不行了，老了。三个孩子，磨死人，家里的事又多，柴米油盐……把人磨都磨老了，还是你不结婚的好。坐呀，晓晴！”

晓晴坐了下去，美姿赶过去，挨在她身边坐下，立即大诉苦经，国内打仗啦，生活艰苦啦，物价上涨啦，应酬繁忙啦……说个没完。晓晴始终带着个柔和的笑，静静地听着。广楠微蹙着眉，听着美姿那些话，觉得如坐针毡，天知道美姿每天忙些什么：平、缺、断、姐妹花、一般高、双龙抱柱、清一色。孩子、怀孕和生产是她的事，别的就不是她的了。国内打仗，没打到她的头上，生活艰苦，也没有苦着她。坐在一边，望着这两个靠得很近的头，他不禁又回忆起第一次看到她们两个并坐在客厅里的情形。那时候，美姿虽然敌不过晓晴的清幽雅丽，却也另有一种诱人的美艳。可是，现在，这两人却已成了鲜明的对比，晓晴的清幽雅丽一如当年，却更添了成熟的沉着和稳重。美姿呢？打牌熬夜早已磨损了她的明眸，这对眼睛现在看起来晦暗无光。浮肿的眼皮，青白的面色，眼角皱褶堆积，身段臃肿痴肥，往日的美丽已无处可寻了。没想到，广楠把她从贫寒中移植到富贵里来，十年的锦衣玉食，却反使这女人加速地苍老憔悴了。广楠暗暗地叹息着，从冥想中回复过来，却正好听到美姿在说：

“你知道，两位老人家在轰炸中去世，什么都没留下来，旧房子炸毁了，财产也跟着完了。我们苦得不得了，整天卖东西过日子，顾得了今天顾不了明天，应酬又多，打打小麻将，应酬太太们，出手太小又怕给人笑话，只是打肿脸充胖子……”

广楠无法忍耐地站了起来，他知道美姿为什么说这些，两位老人遗下的财物还不少，而且遗嘱上指定了三分之一给晓晴，她以为晓晴是来分财产的了。他伸手阻住了美姿说话，笑着说：

“晓晴才来，也让她休息休息，这些话慢慢再谈吧。美姿，你也到厨房去看看，今天中午吃些什么，现在都十二点半了，别让晓晴饿肚子。”

美姿到厨房去了之后，晓晴站起来说：

“两位老人的遗像在哪里？”

“跟我来。”

广楠带她走进了书房，这儿设立着一个香案，悬着两位老人的遗像。晓晴走了过去，默默地仰视着两老。然后她跪了下去，把头埋进了手心里，轻轻地啜泣了起来。她的哭声勾动了广楠所有的愁怀，不禁也凄然泪下。半晌，他用手按按晓晴的肩膀说：

“起来吧，别太伤心。”

“假如一切能从头再来过，则老人不死，一切不同了。”晓晴在啜泣中轻轻地吐出了一句话。

广楠一阵痉挛，这话的言外之意，使他心醉神驰了。

晓晴回来一星期了。

晚上，客厅里手战正酣，哗啦啦的牌声溢于室外。

广楠和晓晴并立在走廊上。廊前挂着个鹦鹉笼子，晓晴伸手逗弄着那只长嘴白毛的大鸟，一面说：

“表哥，你还是爱这些东西。”

“现在什么都不养，只养鹦鹉。”

“为什么？”

“想教会它念诗呀！”

一时间，往事依依，两个人都沉默了。半晌，晓晴说：

“表哥，帮我找个工作，你们公司里行吗？”

“我那是国营机构，不大好办，晓晴，你休息一段时间再说吧，何必急着找工作？”

“我不能总倚赖着你。”

“爹有遗产给你，我说过。”

“我也说过我不要。”

“要不要是你的事，给不给是我的事。”

晓晴默然。广楠靠近一步说：

“晓晴。”

“嗯？”

“你回来那天，在爹遗像前说的那句话，是什么意思？”

晓晴一呆：“我不记得我说过什么。”

“我记得，要不要我背给你听？”

“别！”晓晴急急地说，“你听，你的儿子又挨打了，在哭呢！大概美姿的手气不大好。你去把他带出来吧，要不然，等会儿又要挨打了。”

“让他去，牛牛就是爱哭，他要是有本事哭到晚上十点钟，让他做爸爸，我做他儿子！”

“你们夫妻管孩子都挺妙的！”晓晴说，“让我去带他吧！”

“你别走！”广楠一把拉住了晓晴，“晓晴，你记得李若梧吗？”

“记得，他怎么样了？”

“你走了之后，我和李若梧又打了一架。”

“怎么，你专门找他麻烦？”

“不是我找他，是他找我。”

“报仇吗?”

“不是。那天在学校里，他知道你走了，就跑过来，一语不发地揍了我一顿，一面打，一面骂，他说我是傻瓜，是混虫，是糊涂蛋。他说：‘你怎么放走了晓晴？你怎么娶了别人？你该死，你混账透顶！’不过，我觉得我那顿打挨得挺值得，我是应该挨那一顿打的。”

月光移到走廊上了。晓晴的眼睛亮晶晶的。

“他现在怎样了?”

“我们一直来往着，抗战的时候，他对我说：‘你出钱，我出力。’于是，他从了军，转战于滇缅一带，以后就没有他的消息了。我捐了财产的半数。那是一九四二年的事，我猜想他多半……”他咽回了下面的话。

“唉!”晓晴叹了口长气，沉默了一会儿说，“他说过我什么吗?”

“没有。只是，每次他看到我的生活弄得一团糟，就骂我活该，骂我是糊涂蛋。晓晴，我问你，我一直想问你，十年前你拒绝嫁我的时候，是真心拒绝呢，还是有意考验我呢?”

晓晴深深地注视着广楠，黑眼珠迷迷蒙蒙的，看起来深不可测。时间凝住了一会儿，月影投到鹦鹉架上去了，晓晴低下头来，看看手表。

“哦，”她说，“牛牛是爸爸了。”

“什么?”

“已经十点了，他还在哭呢！我去找他去。”

广楠想抓住她，但她一溜烟地钻进客厅里去了。

室内又闹得天翻地覆，牛牛在哭个不停，阿翠嘟着嘴站在美姿面前，美姿手舞着鸡毛掸子，尖着嗓子骂：

“阿翠，叫你带孩子，你怎么会让牛牛打破我的香水瓶的？你做些什么？除了吃白饭，你还会做什么事？你马上收拾你的东西给我滚！我家不是收容所，不能容许这种只会吃饭的人，你马上滚！马上滚！马上滚！”

晓晴抬抬眉毛，望了广楠一眼，广楠咬咬嘴唇，抛开了手里的报纸说：

“好了，美姿，什么大不了的事嘛，算了吧，香水再去买一瓶好了！”

“买一瓶！”美姿转移了泄愤的对象，“你阔气得很哦，谁不知道你宋广楠的名声，当初献金运动一出手就是百两黄金！家里可饿得没饭吃……”

“又来了，又来了，”广楠锁紧了眉，“这件事你要提多少次才够？”

“我提一辈子呢，记一辈子呢！你在外面阔得很，只会苦老婆和孩子！你是慈善专家，你怎么不慈善到老婆和孩子身上来呢？昨儿输了那么一点钱，问你要，你还皱眉头，给我脸色看，你可有钱去献金！”

“好了！别说了行不行？”广楠憋着气说。

“哼！”美姿又恶狠狠地转回到阿翠身上，“阿翠，收拾你的东西，给我滚蛋！”

阿翠跺了一下脚，转身就走，美姿又叮一句：

“东西收拾好拿来给我检查一下，别摸走了什么！”

阿翠狠狠地望了美姿一眼，走了出去。牛牛仍然在哭叫不停。广楠无法忍耐地站起来，对牛牛说：

“牛牛，你该哭够了吧！你有本事哭到吃中饭，就算你是老子！我是儿子！”

晓晴嘴角浮起一个难以察觉的微笑，仍然静静地坐着，阿翠提了个小包袱来了，美姿仔细地清查了一番，才放心地通过，算了工钱打发她走。工钱算得很苛刻，晓晴忍不住塞了点钱给她，笑着说：

“阿翠也算服侍了我几天，这算我赏的吧！”

阿翠诚心诚意地谢了晓晴。

美姿撇撇嘴说：“晓晴，你在国外过惯了阔日子，不晓得国内生活的艰苦哩！”

阿翠走了。美姿又尖着嗓子叫张嫂，张嫂捧着个哇哇大哭的小婴儿进来，没好气地说：

“太太，小宝泻肚子了！”

“泻肚子，灌他一包鹧鸪菜就是了，你去拿拖把来把客厅拖一下。”

“拖把？拖把早就坏了，不能用了！”

“不能用？怎么不早说？都是死人！先到隔壁史家去借来用用吧！”

“史家！又问史家借！”张嫂嘟囔着走开。

牛牛还在哭，卧室里又传来一阵乒乓巨响的声音，美姿冲进了卧室，接着是珮珮的尖叫和大哭声，美姿的咒骂声，及鸡毛掸子的挥动声。广楠拉了晓晴一把，说：

“出去走走。”

晓晴无可无不可地站起身来，跟着广楠走出去。在走廊上广楠先把晒着太阳的鹦鹉架挪到没有太阳的地方，他最怕他的鹦鹉晒太阳。然后，他们走出了大门，广楠从车房开出车子，晓晴坐了上去。广楠扶着方向盘，长长地叹了口气：

“星期天！这就是我的幸福生活！”

晓晴默然不语。广楠发动了车子说：

“上哪儿去？”

“随便。”

广楠看看手表：“已经是吃中饭的时间了，去吃一顿小馆子吧，好久没吃到炒鸡丁了，美姿永远不管我的口味。”

车子向前滑行，广楠转头看看沉默的晓晴。

“晓晴，你给我做的好媒！”

晓晴一震，幽幽地说：“我并不知道你真会娶她！”

广楠猛然刹住了车子。

“晓晴！”他叫，“你是说？”

“我是说——”晓晴静静地说，“我以为你会等我十年。”

室内静悄悄的，晓晴倚窗而立，正拿着一张纸和一支笔在胡乱地涂抹着，午后的斜阳从视窗斜射进来，照在她的浅绿的裙子上和象牙般半透明的手指上。那手握着笔，写写涂涂，上上下下地在纸上移动。广楠不禁看呆了。

这是晓晴的旧居，那未被炸毁的屋子。最近，每当家里闹得天翻地覆，广楠就不由自主地要把晓晴带到这儿来。在这间房里，静静地望着她，广楠会觉得又依稀回到了当年的情况，晓晴那份若即若离、似有情又似无情的神态也一如当年。但是，广楠却不能不自惭形秽，他越来越看出自己是根本配不上她。

“好了！”晓晴丢下了笔，笑笑说。

“你在干什么？”广楠问。

“作一首诗。”

“一首诗？”广楠不禁想起了“卷帘人去也，天地化为零”的句子，心中怦然一动，“什么诗？”

“一首宝塔诗，你来看，”晓晴微笑着说，“这是你的家庭写照，从早晨小宝‘哇’的一声报晓开始。”

广楠接过那张纸，看到了这样的一首宝塔诗：

哇！
白茶。
胡乱抓，
清清查查，
牛牛是爸爸！
炒鸡丁，真爱它，
平和，断幺，姐妹花，
太阳晒着了鹦鹉架，
若问拖把与草纸，史家！

广楠念一遍，再念一遍，问：

“第四句指什么？”

“又要换下女了，例行清查行李。”

广楠抬起头来，注视着含笑而立的晓晴，于是，他纵声大笑了起来。晓晴也跟着笑了，广楠笑得眼泪都溢出了眼睛，笑得喘不过气，十年以来，他这还是第一次身心俱畅地欢笑。他用手指着晓晴，一面笑，一面说：

“你，你，你真挖苦得够受，好一句牛牛是爸爸！最后一句简直绝倒，亏你想得出来！”

晓晴也笑得弯了腰，他们站得很近，彼此看看，又笑。笑完了，再笑。好像这已经是天下最好笑的一件事了。笑着，笑着，晓晴的眼睛湿了，眉毛蹙起来了，嘴唇颤抖了，她用手轻轻地拉着广楠的袖子，轻轻地说：

“我很抱歉，表哥，我不该把美姿带进家门。”

广楠凝视着那黑而湿的眸子，低声问：

“记得你的那两句诗？‘卷帘人去也，天地化为零。’那个‘人’指的是谁？”

“你以为是谁？”

“李若梧。”

“所以你应该挨李若梧一顿打，所以他会骂你是大傻瓜。”

“晓晴！”他握紧她的手腕，他的手指掐进她的肌肉里。

“你记得那天你从外面回来，看到我和李若梧在一起的事吗？”她幽幽地说，“就是那天，若梧曾向我示爱，我告诉他，除了宋广楠，我谁也不嫁！”

“晓晴！”他大叫，把她捏得更紧。

她深深地叹息了一声。

“那时候，我太年轻，太好强。”她垂下头，望着窗棂，“我认为你对我太骄傲，太自信，又太不尊重。我想给你一点折磨，使你摆脱一些公子哥的习气，谁知道……”又是一声叹息，“那天，表姨夫、姨姨和你，把我围起来，要我嫁你，未免太盛气凌人，你们伤了我的自尊，因此我说要你等十年，可是……”再是一声叹息，“我把美姿带回来，我想你会看出她的肤浅，我想试试你的定力，美姿很美，我想看看你会不会被美色迷惑，谁知你竟负气娶了她。于是，我只有往外国跑，跑得远远的，跑到再也看不到你的地方去，跑去埋葬我的爱情，去悔恨我的不智。十年，表哥，好长的一段时间！”

广楠定神地望着晓晴，心中如千刀绞割，往事一幕幕地在脑中重演，是的，自己真是个大傻瓜，傻透了，傻得该下地狱，该毁灭！他放开了晓晴，踉跄着退后，倒进一张椅子里，用手蒙住了脸。是的，十年，好长的一段时间，他无力使时间倒流，无力再恢复未娶之身。当时一时负气，穷此一生的悔恨也无法挽回了。他紧埋着脸，在这一瞬间，他只希望这十年只是一个噩梦。

“表哥！”晓晴靠近了他，他可以感到她的体温，她蹲下身子，轻轻地拉开了他的手。“表哥，”她仰视着他，眼睛里流盼的深情使他心碎，“十年间，我没有找到我的方向，所以我回来了。回来之前，我对自己说，如果你生活得很幸福，什么都别谈了，如果你不幸……”

“怎样？”广楠紧盯着她，“你还愿意嫁给我吗？我可以和她离婚，给她一笔钱。”

“你知道不行的，”晓晴摇摇头，“美姿绝不会放弃她宋太太的地位，你和我一样清楚，她绝不肯离婚，这是万万行不通的。”

“那么——”广楠颓然地靠进椅子里。

“表哥，”晓晴把手压在他的手上，“我不在乎地位和身份，我不在乎那一切！”

“晓晴，你——”

“以前，我太骄傲，现在我才知道我为骄傲付出的代价。在爱情的前面，原应该把那些骄傲自尊都缴械的。如今我想通了，表哥，你要我明说吗？我宁愿做你的情妇，不愿再放走爱情。”

“晓晴！”广楠喊，接着一下子就跳了起来，喘息地说：“不行，晓晴，我绝不能这么办！绝不能！晓晴，这样对你太不公平，这是不行的！”

“公平？”晓晴凄然一笑，“我有你的人和你的心，又何必计较名义呢？”

广楠望着晓晴，突然间，他觉得她那样崇高，那样圣洁，那样伟大！自己在她面前，渺小得像一粒沙尘。他靠近她，托起了她的头，他们的眼睛搜索着对方的嘴唇。这一吻，吻尽了十年的悔恨、渴慕和刻骨的相思。

晓晴搬出了宋家，在嘉陵江畔另租了一栋小小的房子，同时，她在一个民营的建筑公司里谋到了工作。这小小的房子被布置得雅洁可喜，在这儿，她和广楠开始了生命中最辉煌、最甜蜜、最热烈的一段生活。岁月里糅合的全是炙热的火花，熊熊地、猛烈地燃烧着。仿佛十年的感情都必须在这一段时期中弥补，他们疯狂地追求着欢乐和爱情，疯狂地沉醉在酒似的浓情里。晓晴一反往日的淡漠，变得那么激烈，那么奔放，她浑身都烧着火，她使广楠为之沉迷，为之融化，为之疯狂。

起先，他们还避着人来往。但，逐渐地，他们不再顾忌。舞厅中，他们纵情酣舞；酒店里，他们豪饮高歌。嘉陵江畔，他们踏着落日寻梦；海棠溪里，他们划着小船捉月。在晓晴那小巧精致的卧室里，他们也曾静静地仰卧着，轻言细语地诉说他们的痴情。在这一段时期中，他们不仅弥补着过去的爱情，也透支着未来的欢乐。终于，广楠另有香巢的传言散布各处。于是，有一天晚上，当广楠正和晓晴相依相偎、浅斟慢酌之际，美姿像一阵狂风般卷了进来。

美姿冲进房来的时候，晓晴已经薄醉。看到了美姿，晓晴站起身来，柔和地一笑，醉意醺然地举起杯子说：

“来！美姿，你也加入一个！”

美姿走过去，劈手夺过了晓晴手里的杯子，将那杯酒对着晓晴的脸上泼过去，当那橙色的液体在晓晴酡红色的面颊上漾开，淋漓地滴向她的肩头的时候，广楠感到浑身的血管迸裂，比自己受辱更难堪和愤怒。他直跳了起来，厉声大吼了一句：

“美姿！你敢！”

“我敢？我为什么不敢？”美姿叫着，顺手抓起桌上的酒杯、酒壶、菜碗、碟子，对着晓晴劈头盖脸地砸去。晓晴亭亭地站着，愕然而怅惘地望着美姿，既不抵抗，也不躲避，好像只是可惜美姿破坏了那原有的温馨的气氛。那醉态可掬的脸上，没有仇恨，也没有惊慌，只带着几分迷惘，显得那么楚楚动人！而美姿挥拳抡碗，宛如凶神恶煞。广楠冲过去，一把抓住了美姿的手，把一个碟子从她手中抢了出来。美姿开始破口大骂，许多惊人的粗话俚语从她嘴中一泻而出：

“徐晓晴，你这个不要脸的臭婊子！你从国外回来，在我们家白吃白住，还勾引别人的男人！你在外国荡得不够，又回来偷汉子！你偷别人的男人我不管，你偷到我头上来我可不能放过你，你去打听打听，我何美姿是不是你欺侮的！徐晓晴，你是瞎了眼，你想勾引了广楠，再来侵占宋家的财产，谁不知道你的鬼心思！你是宋家养大的，不知道是哪个婊子养下来的小娼妇，被宋家捡回家来带大的！你不知道感恩，还要来谋宋家的财产，施狐狸精的手段，来迷惑男人……”

“美姿！住口！”广楠暴喝了一声。

美姿并没有住口，更惊人的脏话倾筐而出，有些句子简直下流得不堪入耳。晓晴的脸色渐渐苍白了，醉意被美姿的粗话赶走了大半，她怅然若失地张大了眼睛，望着披头散发、暴跳如雷的美姿。广楠忍无可忍，他的怒喝既不收效，他就在狂怒中对美姿挥去一掌。这一掌清脆地批在美姿的颊上，美姿呆了一呆，顿时把脚一跺，撒赖地往地下一躺，呼天抢地地大哭大叫起来：“看啊，打死人了哦，奸夫淫妇打人哪！

救命哦！老天，老天怎么不长眼睛呀！”

这一阵大哭大闹把邻居都惊动了，门口拥满了人伸头伸脑地观看，而且议论不止。美姿借机更连声大叫救命，喊天喊地地闹个没完。广楠迫不得已，抓住她的衣服，把她连拖带拉地推出门去，在围观的人群中，把她硬塞进汽车。然后开车回到了家里，又把她推入卧室，把门反锁。美姿在里面捶门砸东西，又哭又骂，闹得惊天动地。广楠不放心受辱后的晓晴，他叫张嫂守在美姿的门口，他又开车回到晓晴那儿。

晓晴坐在床沿上。砸碎的东西已由下女收拾干净了，她呆呆地坐着，像一尊塑像。广楠走过去，想到她所受的侮辱就内心绞痛，怯怯地摸摸她的手，说：

“晓晴，别在意美姿的话。”

晓晴抬起眼睛来，对他惘然地笑笑，轻声说：

“人必自侮而后人侮之。”

“不要这样想，晓晴。在爱情的出发点上，我们是无罪的。”

“随你怎么想都好，”晓晴落寞地说，“随你说得多冠冕堂皇，想得多问心无愧。但是，没有人会了解你，也没有人会同情你。事实上，我们是一对奸夫淫妇。”

“晓晴，不要这样说。”广楠恻然摇头，握住了晓晴的手，他能体会晓晴内心所受的伤害。

“我总是想追求一份像诗一样美的爱情，”晓晴低回地说，“几个月以来，我以为我已经找到了。可是，美姿打破了这份美，一切一切，都已经由美的变成丑恶了。当初，一念之差，我失去你，今日我就无权再要回你。是我先伤害了美姿，美姿才会来伤害我。”她缓缓地抬起眼皮，泪珠沿颊滚落。广楠抓住了她的肩膀，轻轻地摇撼她，迫切地对她说：

“晓晴，不顾一切，我要和美姿离婚。你等着，我要跟你取得合法关系。我可以把全部财产给她，反正，我一定会摆脱掉她，一定！你等着我！”

卧室的房门关得紧紧的，广楠和美姿在卧室中展开了谈判。美姿的嘴角一直挂着一丝冷笑，广楠已说得舌燥唇干。终于，美姿冷冷地说：

“无论你给我多少钱，我绝不离婚，你想娶那个骚狐狸，我劝你别做梦！”

“请你别侮辱她！”广楠沉住气说，“美姿，你要一个空空的妻子的名义做什么？对你一点好处都没有！”

“哼！”美姿撇撇嘴，“我就要守着这名义，假如你和晓晴再有不干不净的事情，我就去雇一打流氓，用硝酸水毁掉晓晴那张脸！”

“你敢！”广楠叫。

“你看我敢不敢？”美姿甩了一下头说。

广楠望着美姿，后者的眼睛里正燃烧着一种仇恨和残忍的火焰，这使广楠打了一个寒噤。他知道美姿说得出做得到，她真会做出来的。

“美姿，”他强捺着自己的怒气，“你这是何苦？毁掉晓晴对你又有什么好处？你何不大方一些，拿去我的财产，你还年轻，你还可以再嫁……"

美姿耸耸肩，冷笑着说：

"我没兴趣！我只有兴趣做你的太太，我会守住你，跟你同出同进，我要让晓晴难堪，我要折磨她，你看着吧！你爱她，是不是？我有办法让你心痛，我要招待新闻记者，揭发她的丑恶，堂堂留学生，只会偷人！你看吧，你看吧！我要毁掉晓晴！把她彻底地毁掉！我早就恨她了，你以为我不知道，你一直爱着她！十年来，你睡在我身边，爱的是她！现在，她有把柄在我手里，你看我来毁她，你看着吧！"

美姿眼睛里那份凶残使广楠由心底冒出寒意，他知道谈判是不可能成功了，非但如此，晓晴还岌岌可危。面前这个女人，像一只冷血的、残酷的野兽。他狠狠地盯住美姿，咬着牙说：

"美姿，我告诉你，如果你敢伤害晓晴一根毫毛，我就杀掉你！"

"哈哈哈哈哈！"美姿爆发了一串冷笑，"你害怕了，是不是？你知道我做得出来的，是不是？杀掉我？我的英雄，你试试看！来吧！你来杀我，来杀呀！你不敢，是不是？哈哈哈哈哈！"

广楠浑身的毛孔都张开了，面对着狂笑的美姿，他觉得全身的血液都冲向了脑子里。他咬紧牙齿，直直地瞪着美姿，这样的一个女人，他竟会和她生活了十年之久。十年，多漫长的一段时间！在她的贪婪无知及无理取闹之下，他真受够了她的气！而今，她还羞辱晓晴，她！有什么权利羞辱晓晴？只因为那一纸婚约？

美姿仍然在笑，一面笑，一面喊：

“怎么？你不是要杀我吗？原来只会吹吹胡子瞪瞪眼睛！哼！你有胆量和晓晴偷鸡摸狗，我就要让你们受报应！晓晴那骚样子，大概做姑娘的时候就和你不干不净了，她那时候和你玩厌了，推了我来代替，现在回国了又把你捡起来当宝贝了……”

“美姿，你住口！”广楠直着眼睛喊，向美姿逼近了一步，感到血液在脑子里冲击。

美姿又狂笑了起来，这笑声尖锐地刺激着广楠的神经，广楠冲过去，一把扼住了美姿的喉咙，叫着说：

“你闭口！闭口！闭口！”

美姿在挣扎，于是，广楠就加紧了手上的压力，他只有一个念头，他要制伏美姿，要停止美姿的侮蔑和狂笑，他额上的汗珠滚了下来，手上的压力更加加重。眼睛里，美姿逐渐青紫的面色已变得模糊。冷汗挂在他的眉毛和睫毛上。终于，当手下那个身子完全软瘫了下去，他才茫然地松了手，挥去了眼睫上的汗，于是，他看到美姿毫无生息地躺在地板上，鼻孔和嘴角正流出紫黑色的血液……

广楠呆了一分钟，顿时明白了他做了什么，他踉跄着退后，然后转开门锁，向外面冲了出去。他撞到正在偷听他们谈话的张嫂身上，越过了吓得脸色发白的牛牛，又推开了站在客厅门口的珮珮。冲出大门，他发动了汽车，像个醉汉般把车子左歪右冲地驰到晓晴门口。

晓晴穿着一袭白色的睡袍，走出门来迎接了他。她轻盈婀娜的行动，冉冉生姿的脚步，恍如下凡的霓裳仙子。广楠一把握住了她的手，颤抖地说：

“我杀了她。晓晴，我杀了她。”

晓晴牵引着他走进房内，让他坐下。然后跪在他面前注视他，轻声说：

“你喝醉了吗？广楠？”

“我没有喝酒。”广楠艰涩地说，“我杀死了她。她对我咆哮，我无法忍耐她的声音，我扼住她想使她闭口，于是……她就完了。我杀死了她。”

晓晴的眸子转动着，压在他手上的手指变得冰冷了。她仔细地凝视他，低低地问：

“真的吗？”

“真的，晓晴，她死了，我检查过，她真的死了。”

晓晴愣了好长一段时间，然后跳起来说：

“广楠，你必须离开——”说到这儿，她停住了，他们都听到了警车的铃声。晓晴又跪了回去，紧紧地用手攀住了广楠的脖子，闭上了眼睛。“广楠，”她幽幽地说，“吻我，广楠，吻我。”广楠俯下头来吻她。警车尖锐的刹车声从门口传来，他们仍然紧紧地拥在一起，仿佛全世界他们唯一关心的事，就只此一吻了。泪水咸涩地流进他们的嘴里，晓晴喑哑地说：

“这不会是结局，广楠，因为我们太相爱。广楠，这就是诗一般的爱情吗？”

警察破门而入，他们仍然紧紧拥抱着。警员们愣住了，反而没有行动。广楠抬起头来，用颤抖的手捧住了晓晴的脸，那带泪的黑眸明亮得像两颗暗夜的星光。他用大拇指抹去了她面颊上的泪痕，深深地凝望她，然后说：

“我爱了你那么久，从孩提的时候开始。”

“我也是。”她说。

一段沉默。他低声说：

“照顾那几个孩子。”

“我知道。”

她闭了闭眼睛。“广楠，我会等你，十年、二十年，以至一百年。我们所期望的那一天会来到，那像诗一般美的日子。广楠，我会等你。”

他缓缓地站起身来，对警员伸出了双手。

广楠被判了无期徒刑。晓晴带着三个孩子，在监狱边赁屋而居，开始了她无期的等待。

故事完了。天上有星光在闪烁。

少女的头倚在老人的膝上，老人的手抚摸着她柔软的鬓发。半晌，少女长长地叹息了一声。

“爷爷，她会等到他吗？”

“谁知道呢？”老人望着窗外的天，那儿，星星正自顾自地闪烁着，照耀着大地上一切的事物，美的，丑的，好的，坏的……

第六个梦

流亡曲

今夜，多么静谧安详，窗外，连虫声都没有，月亮也隐进云层里去了。我听到了风声，它正在那儿翻山越岭地奔驰着。是的，翻山越岭……它不知道已经过了多少旅程，就和我们一样，在这条迂回的人生的路线上，大家熙攘着，奔驰着……于是，许多的遇合在这条路上不期而然地发生，许多的梦也在这条路上缓缓地展开……

一九四四年的夏天。

在湖南省的长乐镇上，这天来了一个仆仆风尘的五十余岁的老人。他穿着一件白夏布的短衫和黑色绑腿的裤子，虽然是一身道地的农村装束，却掩饰不住他的优雅的风度和仪表。他走进一家饭馆，叫了一碗面，坐下来慢慢地吃。他吃得十分慢，眉尖紧锁着，满脸都是忧郁和沉重。吃完了面，付钱的时候，他却用一口纯正的国语问那个酒保：

“你知道这儿的驻军驻扎在哪儿？”

“不知道。”酒保干脆地说，一面狐疑地望着这个操着外乡口音的农装老人。老人叹口气，提起他随身的一个小包袱，走出了饭馆的大门。在门外的阳光下，他略事迟疑，就撒开大步，向前面走去。

黄昏时分，他来到一个小小的村落，名叫黄土铺。

敲开了一家农家的门，他请求借宿一夜。湖南的民风淳朴而天性好客，他立即受到热烈的招待和欢迎。主人是个和老人年纪相若的老农，他像欢迎贵宾似的招待老人吃晚餐，取出了多年窖藏的好酒。在餐桌上，他热心地询问老人的一切，老人自报了姓名：王其俊。

“王老先生从哪儿来？”老农问。

“长乐。”

“日本人打到哪里了？”

“衡阳早就失守了，我就是从衡阳逃出来的。”

“老先生不像衡阳人呀！”

“我是北方人，到湖南来找一个失踪的儿子，儿子没找到，倒碰上了战争。”

“你少爷？”

“从军了。”老人凄苦地笑笑，又接了一句，“我只有这么一个儿子。年轻的时候，对儿女总不大在乎，年纪一大，不知道怎么，就是放不下。其实，我也知道找也是白找。兵荒马乱的，军队又调动频繁，要找一个士兵，好像大海捞针。可是，两年前，我的朋友来信说在长沙碰到他，等我到长沙来，就变成逃日本人了。唉！”老人叹口气，咽下许多无奈的凄苦，还有一个无法与外人道的故事。

老农也叹气了，半天才轻轻说：

“我有四个儿子，两个在军队里。”

两个老人默然对坐，然后，老农问：

“你看黄土铺保险吗？”

王其俊摇头，说：

“逃。而且要快！敌人在节节迫进，各地驻军恐怕挡不了太久，湖南大概完了。”

“我不逃。”老农说，“我一个老人家，死也要死在自己的土地上。”

王其俊笑笑，他知道湖南人那份愚昧的固执，所谓湖南骡子，任你怎么劝，他们是不会改变他们所下的决心的。

夜半，王其俊被枪声惊醒，他坐起身来，侧耳倾听，遍山遍野都是枪声。同时，老农也来打门，他穿上鞋子，把一卷法币塞进了绑腿里。老农冲了进来，上气不接下气地说：

“王老先生，敌人打来了，你赶快逃吧，你是读书人，你的乡下衣服掩不住的。日本人碰到读书人就要杀的，你快逃吧，连夜穿出火线去！”

“你呢？”王其俊一面收拾，一面紧张地问。

“我没有关系，我是种地的，王老先生，你快走吧！”

王其俊听着枪声，知道事不宜迟，他取了包袱，想塞点钱给那老农，但老农硬给塞了回来，嚷着说：

“一路上你会要钱用的，我没有关系，你快走！”

走出了老农的家，借着一点星光，王其俊连夜向广西的方向疾走。他也知道日本人对中国老百姓的办法，碰到经商的就抢，务农的就搜，工人可能拉去做苦力，唯有读书人，是一概杀无赦！因为读书人全是抗日的中坚分子。在夜色中，他不敢稍事停留，四面凝视，仿佛山野上全是黑影幢幢。就这样，他一直走到曙光微现的时候，于是，他开始看清四面的环境，果然遍山遍野都是军人，却并没有人来干涉他或检查他。他再一细看，才知道全是中国军队。这一下，他又惊又喜。在一棵树下略事休息，那些军队也陆续开拔，他拉住了一个军人，问：

“请问，长乐失守了吗？你们到哪里去？”

“撤退！”那军人不耐地说，“全面撤退！”

“为什么？”他狐疑地说，“放弃了吗？”

“不知道！”那军人没好气地说，“这是命令！”

“可是——”

“走开！走开！别挡住路！”后面的军人往前冲，他被一冲就冲到了路边。

站在路边，他愕然地望着各种不同单位的军队列队前进，队伍显得十分凌乱，走得也无精打采，每人都背着沉重的背包、枪、水壶，还有一捆稻草。起先，他根本不知道那捆稻草的作用，直到后来他杂在军队中走了一段，突然敌机隆隆而近，所有的军人都就地一伏，于是，遍地都只见稻草，他才知道这稻草是用来作掩护的。他站在那儿，看着那走不完的军队，听着那些军人的吆喝咒骂，感到心中一阵酸楚。湖南弃守！可怜的老百姓！

这就是历史上著名的湘桂大撤退。

王其俊开始杂在军队中，也向前面行进，跟着自己的军队走，总比单独走来得保险得多。但是，这些军人在撤退中脾气都坏透了，而王其俊总不能和军人一般地步履矫捷，于是，他被军人们推前推后，咒骂之声此起彼落。

王其俊知道这些军人在长久的行军、撤退、作战和断绝接济的情况下，都早已失去本性，一个个都成了易爆的火药库。他只希望能赶快走到东安，或者东安还通车，就可以搭上湘桂铁路的难民火车。这样，他杂在军队里整整走了三天。第三天，后面有消息传来，敌军正在追击他们，于是，队伍撤退得更急，乱七八糟的消息纷至沓来：

“后面已经开火了！”

“敌人离此只有三十里！”

“有一个部队全体牺牲了！”

这天，队伍连夜开拔，在星光之下，疲倦的军人们蹭蹭蹬蹬地向西南方行进。王其俊也随着这些军队，在迷蒙的夜色中颠踬地走着。

中午，在烈日的照灼下，军队继续在行进。

一阵“隆隆”的飞机声由远而近，所有的军人都站住了，仰首向天空望去，一排五架飞机往这面飞过来，听声音就知道又是重轰炸机。军人们在长官的一声令下，全体卧倒，用稻草掩护着，王其俊看了看那机翼上的太阳旗，仓促地向田野边跑，想找一个匿身的地方。飞机飞近了，他只有站定在一棵大树下面，等待飞机过去。

飞机去远了，并没有投弹，他长长地透了一口气。军人也纷纷起身，拍去身上的尘土，重新整队前进。他正要继续走，却一眼看到在同一棵树下，有一个满面愁容的少妇，抱着一个一岁左右的小孩，正对他凝视着。

他看了那少妇一眼，她和一般普通的难民一样，剪得短短的头发，穿着一件宽宽大大、显然原来不属于她的黑色短衣和黑裤子。可是，这身村妇的装束一点也掩不住她的清丽，那对脉脉含愁的大眼睛和清秀的小脸庞看起来楚楚动人。一目了然，这也是个乔装的难民，真正的出身一定不是农妇，倒像大家闺秀。如果不是怀里抱着一个孩子，她看起来绝不像个结过婚的女人。

“老先生，”那女人走过来了，文质彬彬地对他点了个头，怯生生地说，“您是一个人吗？”

“噢，是的。”王其俊惊异地说，一来惊异于这女人会来和他打招呼，二来也惊异于她的一口好国语。

“老先生，我，我……”那女人嗫嚅着，似乎有什么事又不好意思开口。

“你有什么事吗？”王其俊问。

“我——”那女人终于说了出来，“我和我先生走散了，已经三天了，到处都是军人，我找不到我先生，可是，我又不能不走，我想，想……想和老先生结个伴走，不知老先生肯不肯？”

“你预备到哪里去？”

“四川。”

“哦？”王其俊一惊，“这么远！”

“我有一点钱，可以去坐湘桂铁路的火车，我想，充其量走到桂林，总会有车可通的。”

“好吧，我们是一路，你贵姓？”

“我先生姓洪，我娘家姓田。三天前，军队开下来，人太多，难民也多，我抱着孩子在前面走，只一转眼，就看不到我先生和行李，还有两个挑夫。我等到天黑也没有等到，后来听说日本人打来了，我只好走，到现在还一点影子都没有……”洪太太说着，眼眶里溢着泪水。

“敝姓王。”王其俊自我介绍说，“我们就一路走吧，一面走，一面寻访你的先生。”

于是，王其俊和洪太太就这样走到了一块。王其俊知道在这乱兵之中，一个单身女人可能会遭遇到的各种危险。走了一段，他们就彼此熟悉了起来，王其俊知道她丈夫是个中学教员，她自己也在教书。然后，为了方便起见，王其俊提议他们乔装作父女，寻访着走散了的女婿，洪太太也认为这样比较妥当。于是，洪太太改口称呼王其俊为爹，王其俊也改口称呼洪太太的名字——可柔。

可柔，在其后一段漫长的共艰苦的日子里，王其俊才看出这纤弱的女人，有多坚强的毅力和不屈不挠的决心。她原是个娇柔的小妇人，王其俊始终不能了解，她那柔弱的腿，怎能支持每日四十里的行程，还抱着个孩子。

他们仍然杂在军队中向西南方走，也仍然处处在受军人的排斥。每次王其俊想帮可柔抱孩子，都被可柔拒绝了。后来，她学习乡下人把孩子系在背上，减少了不少体力的消耗，他们就这样一路走着，一路打听可柔的丈夫，但，那个丈夫始终没有寻获，而他们越走越艰苦，越走越蹒跚，逐渐和军队拉长了距离。王其俊说：

“无论如何，我们要追上军队，这样比较安全，也不会走错路线。”

可是，他们的速度，怎样也追不上行军的速度，何况他们夜里必须停下来休息，而军人却常常连夜开拔。

这天清晨，他们又向前走，在一棵大树下，他们停下来休息。又有新的军队撤退下来，一队人马也找着了这树荫来休息。王其俊看到一个面目黝黑的青年军官，牵着一匹马走了过来。这青年军官望了望可柔，又看看王其俊，用很温和的声音问：

“你们要到哪里？”

“四川。”王其俊说。

“四川！”那军官摇摇头，“你们这样走，永远走不到，敌人就在后面追，湘桂铁路的车通不通也成问题，四川！恐怕你们是没有办法走到的！”

“只好走着瞧！”王其俊说。

那军官再望望可柔，对王其俊说：

“那是你的——”

“女儿，”王其俊说，“我们和女婿走散了。”

军官沉吟地望了他们一会儿，牵着马想走开，但是，他又停了下来，凝视着他们，说：

“你们只有一个办法，去找军队帮你们的忙，和军队一起走，队伍前进你们就前进，队伍停你们也停，让军队保护着你们。像你们这样，十之八九要落到敌人手里，你们如果落进敌人手里，一定活不了！你们——大概不是普通难民吧？教书的？”

“是的。”王其俊说。

“去找广西军队去！”军官坚定地说，站在那儿，像一座黝黑的铁塔，声音也同样地直率粗鲁，“广西军队撤退的路线和你们相同，而且对人也比较和气。”

“广西军队？”始终没说话的可柔插了进来，“那么多的军队，怎么知道哪一队是广西军队？又不能挨次去问。”

军官把帽子往后推，露出两道粗黑而带点野气的眉毛，直视着可柔的脸说：

“我就是广西军队。”

可柔愣了一下，就调转眼光望望王其俊，眼睛里含着一抹怀疑和询问的味道。王其俊也被军官这句突如其来的话弄得呆了一呆，看着可柔那姣好的脸，他不能不对这军官起疑。军官看他们不说话，就拍拍马鞍说：

“你们如果愿意跟我走，我可以护送你们到四川去，你们想想吧！”说着，他牵着马就要走开。

“喂！”王其俊叫住他，“请问贵姓？”

“第二十九团辎重连连长刘彪。”军官爽声说。

“刘连长，”可柔不容王其俊考虑，就急急地说，“我们愿意接受您的保护，并且谢谢您。”

“好！”刘彪挑了一下浓眉，立即大声喊：

“张排长！”

“有！”一个瘦瘦的军官应了一声，大踏步地走了过来。刘彪指指可柔和王其俊说：

“王老先生和小姐从现在起由我们保护，去找两匹马来，一匹给老先生骑，一匹给小姐骑！”

“呃，”可柔一惊，“骑马！我，我可不会骑！”

“不会骑？”刘彪一面走开，一面头也不回地说，“学习！”

刘彪走开之后，王其俊低声对可柔说：

“你不觉得答应得太鲁莽吗？如果他安了什么坏心……”

“我想不会，”可柔说，接着凄然一笑，“万一是，也比落进日本人手里好些！”

张排长牵着两匹马走了过来，可柔战战兢兢地看着这高大的动物，张排长扶着她的手腕，把她送上马背，要她握牢缰绳。她全心都在保护背上的孩子，软软地抓着绳子，丝毫没有用力。马不惯被生人骑，突然一声狂嘶，前腿举起，直立了起来，可柔一声尖呼，连人带孩子从马背上滚了下来。幸好地上草深，张排长又在她落地时拉了她一把，所以并未受伤。孩子却惊慌地大哭着。可柔心慌意乱地解下孩子，刘彪已经大踏步地走了过来，一把从可柔手里抱过孩子，捏捏手腕又捏捏腿，说：

“放心，没有受伤。”

“哦，”可柔吐了口气，“这个马，我看算了，我宁愿走路。”

刘彪审视着手里的小孩，说：

“唔，长得很漂亮，就是有点像女娃娃。”

可柔嫣然一笑，抱过孩子来，忍住笑说：

“本来就是个女娃娃嘛！”

“什么，我以为是男孩子呢！”刘彪说着，笑了起来，附近的几个士兵也纵声笑了。刘彪看看马，皱皱眉头，说：“现在不是训练骑马的时候，只好走路了。”他一举手，大声喊，“准备——开步走！”

队伍很快地上了路，王其俊和可柔仍然是走路。事实上，这一连人一共只有六匹马，其中两匹还运着辎重。士兵们一个个看起来都很疲倦，但，都背着沉重的行囊，抬着机枪，一声不响地走着，步伐稳健而快速。

这是一阵急行军，可柔的汗已湿透了她那件短衫，新的汗仍不停地冒出来，沿着脖子流进衣领里。烈日酷热如焚地烧灼着，她的鼻尖已经在脱皮，面颊被晒得通红。背上的孩子又不住地挣扎哭叫。可柔时时轻声地安抚着：

“小霏不哭，霏霏不哭！”

霏霏是孩子的名字。但是，孩子仍然啼哭如旧。

王其俊也疲倦极了，生平没有这样吃力地急行过，何况是在夏日的中午。这样走到中午十二点多钟，刘彪才下令休息。一声令下，士兵们个个放下沉重的东西，坐在草地上喘息，每人都是满脸的汗和尘土，军装都是从肩膀上一直湿到腰以下。立即，有些军人用砖头架成炉子，收集柴火，开始生火煮饭，当饭香扑鼻而来的时候，王其俊觉得这仿佛是他一生中首次闻到了饭香。

可柔已解下了孩子，抱在手里摇着、哄着。刘彪走了过来，把他自己的军用水壶递给可柔，可柔看了刘彪一眼，就把水壶的嘴凑到孩子嘴上，许多水从孩子嘴边溢出来，可柔用小手帕接着，然后用湿了的手帕去抹拭孩子的小脸。孩子喝了几口水，不哭了。可柔把水壶递还给刘彪，刘彪说：

“你自己呢？”

可柔凑着壶嘴，喝了一口。刘彪又再把水壶递给王其俊，王其俊也只喝了一口。然后，饭煮好了，刘彪派人送了饭菜来，可柔喂孩子吃了一点干饭，大家正狼吞虎咽地吃着，忽然，一个派去刺探消息的士兵快马跑了回来，上气不接下气地叫着：

“报告连长，敌人离此只有十五里！”

“开拔！”刘彪大声下令，于是，一阵混乱，饭也无法再吃了，大家又匆匆整队，抬起辎重。刘彪一马当先，队伍又向前移动了。

太阳落山的时候，他们停下来吃晚餐。

可柔靠着一棵大树坐着，孩子坐在她身边的草地上，她看起来疲倦而颓丧，她脱掉了鞋子，脚底已经磨起了许多水疱，而且大部分的水疱都磨破了。她叹了口气，对王其俊说：

“爹，我实在无法这样走下去了，告诉刘连长，我们还是自己走吧，一切只好听天由命！”

刘彪已经走了过来，这几句话他全听见了。他站在他们面前，低头注视了他们好一会儿，然后低沉地说：

“王老先生，说实话，我们现在的情况很危险，敌人正在后面紧追，我们的方向是广西，可是又不能沿湘桂铁路走，只好绕小路。小路必须有识途的人带路，老实说，在今天一天中，好几次我们和敌人只差几里路。所以，我们像在和敌人捉迷藏，你们跟着我们，一切有保护，假如没有我们，你们现在大概已经在日本人手里了。”

可柔打了一个寒战。王其俊有些激愤地说：

“真遭遇了，打他一仗也死得轰轰烈烈，这样一个劲儿逃真不是滋味！”

“老先生，”刘彪嘴边浮起一丝苦笑，说，“我也真想打他一仗，他妈的日本鬼子……”他冒出几句粗话，看到了可柔，又咽了回去，说：“不过，我们军队得听命令，我们是辎重部队，没命令不能作战，上面叫撤退，我们只好撤！”他吐了一口气，停了一会儿，又说：“老先生，我刘彪既然伸手管了你们的事，就决不半途抛下你们，请你们拿出勇气来走！吃一点苦不算什么！今天晚上可以到村庄里去投宿，那时候，你们可以好好睡一觉。”

休息不到十分钟，他们又开拔了。晚上，他们果然来到一个村落，刘彪敲开了一家农家的门，让农家的人招待王其俊和可柔，可柔洗了脸，又给孩子擦洗了一番。才坐下来，外面突然传来“砰”的一声枪响。可柔直跳了起来，王其俊也变了脸色，农家的人更吓得战战兢兢。可柔说：

"一定是开火了，日本人来了！"

刘彪推开门，大踏步地走了进来，摆摆手说：

"没事！你们休息你们的！"

"为什么放枪？"可柔狐疑地说。

"枪毙了一个士兵。"刘彪满不在乎地说。

可柔张大了眼睛和嘴。"啊，为什么？"她不解地问。

"他抢农人的甘蔗。"

可柔的嘴张得更大了。

"为了一根甘蔗，就枪毙一个人吗？"她有些不平地说，"一条人命和一根甘蔗，哪一个更重？在你们军队里，生命是这样不值钱的呀！"

"哼！"刘彪冷笑了，"小姐，我知道你是读书人，我总共没读过几年书，不知道你们读书人的大道理！我只晓得，我的军人抢了老百姓一根针，我也照样枪毙他！你不枪毙他，以后所有的军人都会去抢老百姓，那么，老百姓用不着日本人来，先就被自己的军队抢光了！我不管什么轻呀重的，抢了老百姓，就是杀！"

说完，他头也不回地走了。

可柔呆呆地看着他的背影，等他去得看不见了，她才收回眼光来说：

"这个人！有时好像很细致，有时又简直像个野人！"

"快点休息吧，"王其俊说，"不知能休息多久。"

可柔把睡着的孩子放到一张木板床上，自己和衣躺在孩子旁边，刚刚闭上眼睛，一阵急促的打门声传来：

“王老先生！王老先生！快走！敌人打来了！”

队伍又开动了。星光点点，夜雾沉沉，一行人在夜色中颠踬地向前移动。

可柔的脚溃烂了。烈日仍然如焚地燃烧着，她的脸色在汗水的浸渍下越来越苍白，每跨一步，她都咬住牙忍住那声要脱口而出的呻吟，背上的孩子对她似乎变得无比地沉重。王其俊用手扶住她，却时时担心着她会在下一分钟倒下去。好心的军人们想帮她抱孩子，她却坚持不肯。走了一段又一段，她看起来是更加委顿了。

刘彪骑着马过来了，他翻身下马，用手抓住可柔的手臂，命令地说：

“上马去！”可柔看看那匹马，对于上次骑马还心有余悸，她苦笑笑，默然地摇摇头。

“上去！”刘彪皱着眉大声说。他抓住可柔，把她向上提，然后一托她的身子，她已经凌空地上了马背。骑在马背上，她战战兢兢地抓着马鞍子，刘彪说：“你不用怕，这是我的马，几匹马里就是它最温驯，一定摔不着你！”然后，他握住马缰，大声叫：“谢班长！”

一个兵士走了过来，刘彪把马缰递在他手里说：

“你帮她牵着马，保护她不要摔下来。”

说完，他大踏步领着队伍向前走，张排长要把马让给他，但他挥挥手拒绝了。对于这位连长，显然大家都有几分畏惧，谁也不敢对他多说什么。于是，在荆棘和杂草掩没的小径上，他们翻过了许多小山坡，又涉过了许多小急流，一程一程地走着。

这已经是第三个不眠不休的夜。

夜半时分，刘彪下令休息两小时。大家在草丛中坐了下去，辎重放下来了，人们喘息着，背对背地彼此靠着休息。可柔抱着孩子，轻轻地摇晃着她。孩子有一些发烧，哭闹得十分厉害。

繁星在天空中闪烁，夜色清凉似水。草地上全是露珠，湿透了他们的鞋子。天边有一弯月亮，皎洁明亮。世界是美丽的，人生却未见得美丽。

可柔摇着孩子，一面摇，一面轻轻地唱起一支催眠曲，她软软、温柔得如夜雾的声音在寒空中播散：

摇摇摇，
我的小宝宝，
睡在梦里微微地笑，
好好地闭上眼睛睡一觉，
睡着了，睡得好，
小小的篮儿摇摇摇，
小小的宝贝睡着了。
…………

在这黯淡的星光下，在这杂草丛生的旷野里，在这生死存亡都未能预卜的时光中，可柔的歌声分外使人心里酸楚。

“小小的篮儿摇摇摇，小小的宝贝睡着了。”这是母亲的歌，充满了爱和温柔的歌，响在这血腥的、战火绵延的时光里。王其俊觉得眼眶湿润，可柔的歌使他伤感，他想起他失踪多年的儿子，现在，他正流落何方？或者，他已经做了炮火下的牺牲者？或者，他正满身血污地躺在旷野里？

小小的篮儿摇摇摇，
小小的宝贝睡着了
……

可柔仍然在低唱着，反复地，一次又一次。王其俊站起身来，走到前面的一棵树下，在那儿，他看到一点香烟头上的火光，一闪一闪的，是刘彪。他正倚在树上，静静地抽着烟。

“要抽烟吗？王老先生？”刘彪问。

“不，谢谢你。”

于是，两人就在黑暗里站着，谁也不想说什么。

可柔的歌声停了，孩子依然在低低地呜咽。可柔换了一种方式来哄孩子，她用平稳而低柔的声调，向那个还听不懂话的孩子絮絮地诉说着：

“你为什么不睡呢？小霏霏？你看，月亮已经隐到云层里去了，星星也那么安静，连草里的小虫子都已入梦乡，你为什么还不睡呢？小霏霏？你听，夜那样美好，青蛙在低低地唱着歌，萤火虫在草丛里游戏，远远的那只鸟儿，它在说着：

睡吧！睡吧！睡吧！你为什么还不睡呢？小霏霏？……”

可柔的声音如诗如梦。孩子的呜咽渐渐停了，渐渐消失。可柔的声音也越来越低，越来越模糊，终于听不见了。王其俊看到刘彪显然在倾听可柔的说话，他那带着几分野性的眼睛变得非常地温柔，温柔得不像他的眼睛了。而在温柔的后面，还隐藏着什么，王其俊自己是过来人，他知道有什么东西在这青年军官的心中滋生。他微微地为这个发现而感到不安。刘彪抛掉了手里的烟蒂，看了看手表，王其俊明白两个钟头的休息时间已经到了。刘彪轻轻地向可柔那边走过去，王其俊也不由自主地跟了过去。可柔的头仰靠在树干上，怀中紧紧地搂着小霏霏，两个人都正在熟睡着。在月光下，可柔的脸色显得很苍白，垂着的睫毛在眼睛下投下了一个弧形的阴影。她睡得十分香甜，微微张开的嘴唇像个婴儿。

刘彪站立片刻，默默地走开了。

他们的休息时间延长到四小时，一直到天空泛白，曙色微现，刘彪才下令开拔。

又是一天的开始。

行行重行行，太阳已逐渐发挥威力了，在烈日下，每个人的脚步都越走越滞重。刘彪的脸色显得很坏，他不时停下来打量四周的环境，又派人骑马出去联络。王其俊走过去问：

“有什么不对吗？”

“我们已经和正规部队失去联络了，情形不大妙。”刘彪紧锁着眉说。

果然，没一会儿，他们就获得情报，他们已陷入四面包围的情况，四方都有日军，他们被困在核心中。

“他妈的！打他一个硬仗算了！”刘彪站在那儿发脾气。

张排长走过去，在一张地图上画路线，另一个姓魏的排长也在一边贡献意见，在那张图上勾了半天，想找出敌军的漏洞。终于，他们决定翻越一个无人走过的山，料想敌方不会在这山上部署的。

队伍一刻不停地向前疾走，走的全是荒无人迹的地区，太阳晒得人发昏。中午时分，他们停在那座山脚下。山上无路可通，纠结的藤蔓和两人高的杂草遍处滋长着，野生的林木与野草纠缠在一起，仿佛是堵天然的绿色屏障。刘彪望了望前面的山，走到可柔面前，说：

“你能走路吗？脚怎么样？”

“我想可以走。”可柔说。

“那么，下马来，和你父亲跟在我的马后面，我骑马在前面开路！”

可柔下了马，刘彪跨上马去，招手叫张排长和魏排长也骑马在前面开路。王其俊和可柔紧跟在马后面，再后面就是士兵和辎重。刘彪一马当先，对杂草中冲去，马蹄所过之处，野草分别向两边倾倒。一条路在草的隙缝中露出。每每遇到与树枝纠缠的粗如儿臂的藤蔓，刘彪就必须停下来用军刀猛砍。后来他干脆一手持刀，一手握住马缰，向前面行进。野草中荆棘遍布，马冲过去之后，刘彪裸露的手和手臂上都留下一条条的血痕。这样，一来是草太深，二来又是上山的陡坡，三来烈日当空，行进的速度十分缓慢。这山原来并不高，可是，他们却足足走了三小时，才到达山顶。

在山顶上，他们在绿色植物的掩护下略事休息。所有的人都疲惫不堪，而且饥渴难当。一路上他们没有碰到水源，士兵们的水壶早已空了，许多人还不住地用空水壶向嘴里倒，希望能倒出意外的一滴水来。王其俊和可柔也渴极了，孩子也不住地啼哭。刘彪望了望可柔，解下自己的水壶来给她，里面居然是一满壶水。可柔喝了一口，怕浪费了这每一滴都太珍贵的甘泉，她小心翼翼地把自己口中的水，嘴对嘴地喂进孩子的嘴里。然后自己也喝了一口，王其俊也喝了一些，刘彪拿回水壶，咕嘟地咽了两大口，还剩了大半壶的水壶顺手递给一个在他身边的士兵，简单地说：

“一人一口，传下去！”

水壶迅速地在士兵手中轮传下去，当水壶再回到刘彪手里时，已经空无滴水了。

他们开始下山。下山的路比上山快了许多，虽然很多时候是连滚带跌地向下落，但毕竟来得比上山时快。没一会儿，他们到了一块凸出的山岩上，从这儿可以一直看到山下，一瞬间，大家都被山下的景色吸引住了，站在那儿，呆呆地凝望着前面。

大自然就是这样神奇，没想到一山之隔，竟然划分了迥然不同的两个境界。山下的地区大概已属广西的边界，一片广阔的平原无边无际地伸展着，青色的草地，一直绵延到远处的地平线上。而平原上却耸立着一座座石灰岩的山峰，每座山皆由整块光秃秃的嵯峨巨石构成。一眼看去，这平原上的点点孤峰真像孩子们在下跳棋时所布的棋子，那样错综而又疏密有致。在这些山峰之间，一条像锦带似的河流蜿蜒曲折地穿梭而过。落日把天空染红了，把山峰也染红了，连那河水也反射着霞光万道。那轮正迅速下沉的红日在孤峰中掩映吞吐，使整个景致如虚如幻，像华德·狄斯奈的卡通电影中的背景。

大家站在岩石上注视着，然后，突然间，有一个士兵欢呼了一声，就对着山下冲了过去，接着，更多的士兵对山下冲去，队伍混乱了，大家的目标都集中在那一条河上，有人高呼着："水哦！河哟！"于是，纷纷往山下跑。刘彪牵着马站着，王其俊以为他会大发雷霆，但是，却相反地看到他正面露微笑，望着他那些放纵的士兵，神情有些像个纵容孩子的父亲。刘彪开始下山，王其俊和可柔等跟在他后面，山的坡度比上山时陡峻，可柔走得十分吃力。下山时马也是无用的。他们跌跌撞撞地向下走，忽然间，可柔颠踬了一下，孩子的重负和脚上尖锐的痛楚使她站立不住，她跪了下去，接着就倒了下去，刘彪一把抓住了她系孩子的背带，使她不至于滚到山底下去。她坐在地下，惊魂甫定地喘着气，孩子又大哭了起来，她叹口气说：

"我不走了，我再也不能走了！"

"站起来，王小姐！"刘彪用一贯的命令口吻说。

"哦！"可柔把头扑在掌心里，"我真的不能走了，我宁愿死！"

"站起来！"刘彪的声音里已带着几分严厉，"好不容易，已快到安全地带了，你泄什么气？站起来，继续走！挨到山下就可以休息了。”

可柔无可奈何地又站了起来，沮丧而吃力地向前挨着步子。刘彪始终靠在她身边走，他粗黑的手臂支持着她，这一段下山路，与其说是可柔“走”下去的，不如说是被刘彪“提”下去的。

终于到了山下。士兵们已经放下了辎重和背包，都冲进了那条河流里，他们在河水中打滚，叫着、笑着，彼此用水泼洒着，高兴得像一群孩子。可柔在草地上坐下来，抱着孩子，寸步难移。王其俊弄了一盆水来给她和孩子洗洗手脸，她疲倦地笑笑，代替了谢意。刘彪走了过来，抛给她一盒油膏状的药，说：

“涂在脚上试试看。”

可柔脱下鞋子，她的脚溃烂得很厉害，有些地方已经化脓。刘彪蹲下身子，拿起她的脚来细看，她羞涩地挣扎着说：

“我自己来，别弄脏了你的手。”

“哼！”刘彪哼了一声说，“多难看的伤口我都见过了，还在乎你这点小伤！”说着，他出其不意地用一根竹签挑破了她脚上的几个脓包，可柔痛彻心扉，不禁尖叫了起来，一面叫，一面忍着眼泪说，

“你是什么蒙古医生嘛，痛死了！”

“忍耐点！”刘彪说，给她涂上药，一面说，“这算得了什么，关公一面刮骨，还一面下棋哩！”

“我又不是关公！”可柔噘着嘴说，咬住牙忍痛。刘彪给

她上完药，又不知从哪儿弄来一块脏兮兮的布，给她包扎起来，可柔抽抽冷气说：

“我看，不包也算了！”

“哼！”刘彪又哼了一声，“嫌脏吗？这儿没医院！”

收拾清楚，刘彪站起身来，转头就走，可柔不安地喊：

“喂喂，刘连长！”

“怎么，”刘彪站住了，不耐烦地说，“你还有什么事？”

“没，没，没什么，”可柔吞吞吐吐地说，“只是，谢谢你，刘连长，十分谢谢你。”

“哼！”刘彪再度“哼”了一声，这是他不满意时的习惯，看也不看可柔，掉头就自顾自地走开了。可柔愣在那儿，当王其俊在她身边坐下时，她才对着刘彪的背影说：“这是一个怪人，不是吗？”

他们在河边扎了营，按地图方位来说，他们已经安全了，最起码，他们已越过了敌人的火线。

吃过了晚餐，王其俊到河边去洗了脚，回到营地来，他听到可柔在和刘彪谈话。不想打扰他们，他在不远处的草地上席地而坐，看看天上的星光和野地里乱飞乱窜的萤火虫。那些发亮的小虫子在石峰边闪烁，好像把石峰穿了许多透光的小孔。

第二天，他们到了东安城的前站，名叫白牙士。

一整天，可柔都骑着刘彪的马，但她沉默得出奇。到了白牙士，她坐在马上，看起来苍白得奇怪。刘彪走过去扶她下马，他的手拉住她的手。突然，他愣了愣，板着脸严肃地说：

“什么时候开始的？”

“你说什么？”可柔不解地问。

“你！”刘彪皱拢了两道浓眉，“你在发烧！什么时候开始的？”

“今，今天早上，就，就不大好。”可柔怯怯地说，仿佛她犯了一件莫大的过失。

“怎么会？昨天晚上不是好好的吗？”

“大……大概因为……因为我昨天夜里到河里去洗了个澡，没想到水那么冷，我实在不能再不洗澡了。”

“好哦，”刘彪瞪大了眼睛，气呼呼地说，“你真爱干净，洗澡！半夜洗冷水澡！早知道你根本不想活，我救你个屁！你这个笨女人！一点脑筋都没有！活得好好的不耐烦，自己找死！”

可柔被这顿臭骂骂得开不了口，刘彪把她弄下马来，推进一家农家的门里，要那个农妇招呼她，自己大步地走了。王其俊摸摸可柔的头，果真烧得很厉害。他叫可柔进屋去躺着，把小霏霏抱了过来。没两分钟，刘彪又折了回来，手里握着几片阿司匹林药片，对可柔没好气地说：

“把药吃下去！你不死算你运气！这一带生了病就没办法，你找病找得真好，就会给我添麻烦。早知道，我就不管你的账！”

可柔病得头昏脑涨，听到刘彪这一阵恶言恶语，不禁心灰意冷，她喘着气，挣扎地说：

“刘连长，谢谢你帮我这么多忙，现在我既然生病，也不敢再麻烦你了，我想就留在这里，生死由之。请你帮我父亲的忙，送他到四川，我和小霏不走了。”

“好哦！”刘彪又大怒了起来，“把你丢在这里，说得真简单！我刘彪没管你的事就罢了，已经伸了手，要我再把你病兮兮地扔在这里，你要我刘彪落得做个什么？他妈的全是废话！你给我吃下药，蒙起头来出一身汗，明天烧退也好，不退也好，照样上路！”

说完这几句气冲冲的话，他就“砰”的一声带上房门走掉了。王其俊坐到可柔的床边去，握住可柔的手。这么久患难与共，王其俊已经有一种感觉，好像可柔真是他的亲生女儿。他拍拍可柔的手背，安慰地说：

“可柔，别灰心，你多半只是有点伤风，吃了药，蒙头睡一觉就会好的。刘连长这个人心软口硬，别听他嘴里骂得凶，他实际上是太关心你了。”

“爹，”可柔含着泪说，“我连累你，又拖累了刘连长，没有你们，我根本不可能逃出来。孩子的爸爸，多半已经完了……”她忽然哭了起来：“你不知道，孩子的爸爸是个书呆子，他只会念书，现在可能已被日本人捉住，杀了。我知道，我知道……”

“可柔，别胡思乱想了，他一定先逃出去了，等我们到了四川，登报一找就可以把他找到的。”

“不会的，我知道不会的，”可柔摇着她的头，摇得泪珠纷坠，“他不会像我一样好运气，碰到像刘彪这样热心的人，他一定已经落到日本人手里了。他那个脾气，到了日本人手里就是死！我知道，好几次我梦到他，他已经死了，死了……”

“可柔，你是太疲倦了，别再乱想。来，把药吃下去！”王其俊倒了杯开水，如同招呼自己的亲女儿一样，扶起可柔来吃药，可柔吃下了药，仰躺在床上，痴痴地望着王其俊说，“我在很小的时候就没有父亲了，你有过女儿吗？”

“是的，有两个女儿和一个儿子。”

“他们现在在哪儿？”

王其俊沉默地看看可柔，好半天，才摇摇头，惘然地说：

“他们都已经离开了我，一个死了，两个走了！”

“哦，爹！”可柔轻轻地叫，这声“爹”是从肺腑中发出来的，叫得那样亲切温柔，王其俊心为之酸。

“睡吧，可柔。”他说，“别记挂孩子，我会带她。你好好地睡一觉，明天一定会退烧。”

可是，第二天，可柔并没有退烧，非但没有退烧，而且烧得更厉害了。王其俊一看到她双颊如火，昏昏沉沉地躺着，就知道她病势不轻，看样子绝不是简单的感冒。刘彪走来看了看，就跺脚叹气说：

“要命！不管怎样，我们先到东安城再说。”

“刘连长，”王其俊沉吟地说，“可柔病得这样子，恐怕不便于再上路了，我想，你们先走吧，我和可柔留在这儿，等一两天再说……”

"等一两天！等一两天日本鬼子就来砍你们的头了！"刘彪暴跳如雷地说，"走！如果她不能骑马，我叫人做个担架抬着她走！"

这时，可柔倒醒过来了，她睁开一对水汪汪的眼睛，望着刘彪，挣扎着在枕上向刘彪点头，无力地说：

"刘连长，谢谢你的好心，谢谢你的救助，是我没有福气，走不到后方。我不会忘记你的大恩大德，你带你的军队走吧，还有王老先生，他不是我的父亲，他和你一样是我的恩人。你和王老先生一起走吧……"

"可柔！"王其俊责备地喊，"可柔！我绝不丢了你！这么久以来，你早已和我的女儿一样了！"

刘彪诧异地看看王其俊，又看看可柔。没有时间让他来弄清楚这父女间的内幕。他只低头凝视着可柔，用一种一反平日那种暴躁的口气，变得十分诚恳而迫切地说：

"你要拿出勇气来，知道吗？我怎么样都不会把你留在这儿的，你不用多说了，不管前面还有多少困难，我一定要把你送到四川。"

"刘连长，"可柔深深地望着刘彪，"只怕我会辜负你这番好意了。"

"勇敢一点！"刘彪说，"一点小病不会折倒你的！"

他们又上路了，可柔真的被两个士兵用担架抬着走，小霏由王其俊抱着。中午，他们到了东安城。

未到东安城之前，王其俊满心的幻想，以为东安是广西和湖南交界处的大城，又没有沦陷敌手，一定很繁荣，也很安全的，可以买到药品给可柔治病，也可以找到车辆到后方。谁知一进东安城，才知道完全不是那样。城内的居民早已撤光，现在全城都是撤退下来的军队，满街的地上都躺着呻吟不止的伤兵。城内的污秽、零乱，更是不堪想象，苍蝇围着伤兵们的伤口飞，那些缺乏医药和绷带的伤口，大部分都浓血一片地暴露在外，看起来令人作呕。空气里充满的全是血腥味和汗臭。

刘彪带着队伍一进城，就有许多军人来探问消息，刘彪也无法肯定答复。他们在城内略略休息了一会儿，忽然，有两个快马跑来的军人，一面进城，一面叫：

“敌人离此二十里！赶快撤退！”

一句话一嚷，东安城立刻紧张起来，军官们集合队伍，伤兵们呼救，响成一片。刘彪也立刻下令出城，可柔又被抬了起来。大家前挤后拥地出了东安城，走过护城河的桥，有人开始准备拆桥以阻止敌兵。于是，他们又是一阵快速度的撤退。

黄昏时，他们停了下来。

可柔的热度依然没有退，但她神志清明，看来精神还不坏。王其俊给她吃了一些稀饭。刘彪也走过来看她，她躺在担架上，望着小霏在草地上爬着玩，微笑地说：

“还是做这么大的孩子好，不知道忧虑，也不知道人生有多少的苦难。”

“小霏也够可怜了，这么点大每天吃干饭，亏她的消化力强！”王其俊说，“等到了四川，我这个做爷爷的第一件事就是要买罐奶粉给她吃。”

可柔伸过一只手来，握住了王其俊的手。王其俊一惊，可柔的手又干又热，看样子病势并未减轻。但她在微笑着，笑得很美很甜。

“爹，”她柔声说，“我代替小霏给你磕头，你就算她是你亲生的孙女儿吧，将来到了四川，找得到她父亲便罢，找不到她父亲，就让她算王家的嫡孙女儿，好吗？”

“当然好，平白得了这么一个孙女儿，我还有什么不好呢？”王其俊笑着说。

“那么，我代小霏谢谢爷爷。”可柔真的在担架上挣扎着，用头碰地，王其俊一把按住她说：

“你这是做什么，可柔？”

可柔微微一笑，又把另一只手伸给刘彪，笑着说：

“刘连长，你结过婚吗？有孩子吗？”

“没结婚，也没孩子。”刘彪说，突然地红了脸。

“你会升官，会有一个很漂亮的太太和一群很可爱的儿女。”可柔说，望着天边的彩霞，仿佛她在彩霞中找寻到刘彪未来的命运，“你有一颗最善良的心，老天会善待你，给你一个世界上最好的妻子。”

“和你一样好吗？”刘彪这句话是冲口而出的，显然并未经过考虑。说完之后，他那黝黑的脸就绯红了。可是，他的眼睛却带着一种少有的热烈，凝视着可柔的脸。

“比我更好。”可柔轻轻地说，把眼光从彩霞上调回来，深深地注视着刘彪。

他们默默地彼此凝视着，每个人眼睛中都带着那么多复杂的情绪。刘彪的眼色里逐渐升起一层惨痛，可柔依然带着笑，却笑得凄凉。王其俊看到小霏在草地上爬远了，他站起身来，追上了小霏，把她抱到一边，让她去看在蒲公英花丛中飞绕的一对小蛱蝶。他想，该给那两个人一点说话的时间，因为，他们是没有多久可以说话了。虽然，他也知道，他们根本不会说什么，人生有许多东西，是属于言语之外的。

把小霏揽在怀里，他傍着蒲公英的花丛坐着。那对小蛱蝶上下翻飞，在夕阳的余光里卖弄地扑着那粉白色的小小的翅膀。落日很快地沉进了地平线，天空由鲜艳绚丽的红色转成了暗紫，黑暗在悄悄地、慢慢地散布开来。王其俊注视着摇摆学步的小霏——他的孙女儿！多奇妙，在战乱和烽火中，他会突然冲动地从北国跑到遥远的南方来寻找失踪多年的儿子。儿子没有找到，却找到了一个孙女儿！隐隐中，这世界上是不是有一个超自然的力量，在暗中安排着人世的一切？

一个高大的人影投在地上。王其俊抬起头来，是刘彪。后者也在草地上坐下来，他的浓眉紧蹙着，眉下那对野性的眼睛闪烁着一种近乎凶狠的光，嘴角痛苦地扭曲着。

“如果能弄到几片消炎药！……”他愤愤地扯下了一把蒲公英，黄色的花瓣在他大手掌中片片下坠。

“消炎药恐怕也没用，你怎么知道她的病是什么？”

“肺炎。”刘彪简短地说，“我看多了，一定是肺炎。她不该去洗什么要命的澡！我们药品缺乏得太厉害，假如她能支持到桂林……”

“桂林？还要走几天？”王其俊萌出一线希望。

“三天到四天。”

王其俊默然不语，刘彪也不说话，他们都明白，她是不可能挨过这三四天的。

“或者，我们可以走一条捷径，”刘彪在思索着，“我知道一个山，名叫大风坳，如果翻过大风坳，就可以很快地到桂林，不过……”

“这山很高吗？”

“一点也不高，只是很险，当地土人有两句话来形容这座山，说是‘上七下八横十里，豺狼虎豹勾魂蛴。’前一句是说山的高度和横绕一圈的里数，下一句是说山上有野生的猛兽，蛴是一种类似蚂蟥的虫子，据说会钻进人的皮肤，沿血而行，使人两天内送命。”

“你走过这山吗？”

“没有，当地的人都忌讳这山，没有人敢上去。”

“值得冒险吗？”

“可以缩短一天的行程。”

刘彪坚定地站了起来，立即整队，下令连夜开拔，并宣布要翻越大风坳。

王其俊傍着可柔的担架走，怀里抱着小霏，小霏的头倚在王其俊的肩膀上，已经睡着了。月光下，可柔的脸色很苍白，眼睛闭着，显然也已入睡。在她的面颊旁边，王其俊惊异地看到一朵黄色的小花，是一朵蒲公英，他记起了，这是小霏采去玩的，不知何时竟放在可柔的头边了。可柔苍白的脸配着这黄色的花，看起来庄严而美丽，并且，有一种宁静动人的和平气氛。

一行人在月色里默默地向前移动。

可柔依然静卧着。王其俊凝视着那张太平静的脸，不禁心中一动，不祥的感觉油然而生。他把手伸到她的鼻子前面，再摸摸她的面颊，低声地对抬担架的士兵说：

“放下吧！她不需要再前进了。”

担架放下了，队伍停顿了下来。刘彪骑着马从前面绕了过来，一看到地下的担架，他就明白了。他翻身下马，走到担架前面，低头注视着可柔那宁静安详的脸。慢慢地，他取下了帽子，他的黑眼睛在夜色中闪烁，大鼻孔在沉重的呼吸下翕动，脸上的肌肉因绷紧而扭曲。所有的士兵也都默默地摘下了帽子。夜，安静极了。

十分钟后，他们在路旁给可柔掘了一个坟墓。刘彪握着锄头，一语不发，只奋力地掘着那个坑，他掘得那么专心、那么用力，好像他这一生唯一的目的，就是要掘好这个坑。从看到可柔的尸体，到坟墓掘成，他始终没有说过一句话，他那黝黑的面庞上毫无表情。坑掘好之后，他们连担架把可柔垂到了坑底，没有任何仪式，没有人祈祷，没有人致哀，也没有人啼哭流泪。刘彪把泥土掀进坑里，掀在可柔那美好洁净的面庞上，泥土很快地盖过了她，坟墓迅速地被填平了。一条生命，在这战乱中，是那么渺小、那么微贱，像水面的一个小泡沫，一刹那间就无声无息地消失了。

刘彪回过头来，望着他的部下，他的神色看来十分疲倦，挥挥手说："不用翻越大风坳了，按照原定路线去桂林！准备，前进！"

一个士兵把刘彪的马拉了过来，恭敬地伺候刘彪上马，所有的士兵都在后面默默地拥着他前进。王其俊发现虽然刘彪脾气暴躁，对部下很严厉，但他的士兵们都了解他，而且崇拜他。刘彪跨在马上，略一迟疑，就一鞭马向前驰去，除了马行速度比平常快之外，他好像什么事都没有发生过。整个埋葬过程中，小霏始终没有从熟睡中醒来。

三天后，他们到了桂林。

桂林，这山水甲天下的城市也已充满了战火的气息。在这儿，刘彪和上级重新取得了联络。他奉命留守桂林。王其俊要继续往南方走，桂林已经可以搭乘难民火车，但是，火车上挤满了人，连车顶上都已无一隙之地。刘彪力气大，硬给王其俊和小霏挤到一个座位。

倚着车窗，刘彪和王其俊珍重握别。自从可柔死后，刘彪就一次也没提起过可柔，这时，王其俊忍不住了，几天以来，刘彪看上去憔悴而消瘦。

"忘掉她，"王其俊说，"你会碰到比她更好的女人。"

刘彪皱拢眉毛，摇了摇头，紧闭着嘴不说话。忽然，王其俊感到自己这几句话说得真愚蠢，她和他之间，好像曾发生过什么，又好像什么都没有发生。但是，王其俊明白，许多时候，在一个人的生命中，有些短暂的印象却永不磨灭，有些刹那就等于永恒。

车子蠕动了，王其俊拼命和刘彪挥手。刘彪挺立在月台上，像一座铁塔。车子开远了，刘彪直立的影子在王其俊的泪眼中变得模糊，那个萍水相逢的青年军官，没有任何目的和原因，却保护他到了安全地带。刘彪，一个小小的连长，在这大战争中，渺小得像一粒沙尘。可是，王其俊却在越驰越远的视野中，看到刘彪站在月台上的身影，逐渐变得无比无比地高大。模模糊糊地，他想起一首歌：

一粒沙里看出世界，
一朵野花里见天国，
在你掌里盛住无限，
一刹那间便是永恒！

两星期后，王其俊看到了报纸，才知道桂林终于失守了。他再也没有得到过刘彪的消息。胜利后，王其俊带着小霏回到他的老家北平。

第六个梦完了。

尾声

在宁静的夜色里，老人结束了他的六个梦。

窗外，有月亮，有星星，有虫鸣，有云，有烟，有梦。

少女仰起头来，凝视着老人说：

“爷爷，小霏如何了？”

“跟着王其俊，过着最愉快的生活。”老人微笑着说，深深地凝视着少女那张姣好的脸。

少女沉思片刻。

“爷爷，这些梦都是真的吗？这些人物都是你那照相本里有的吗？他们是不是互有关联？爷爷，王其俊是否就是第二个梦里的柳静言？”

“你问得太多了，小纹，”老人的嘴边掠过一个飘忽的苦笑，“记住，小纹，人生并不见得像我们想象的那样美好，你所能把握的只有‘现在’，握牢它吧，小纹。但愿你所有的，都是幸福和欢乐！”

“爷爷，这些故事里有你吗？有我吗？”

“唔……”老人看着窗外，“哦，看！小纹，窗外的月亮真好，梦都已经讲完了，来，我们来赏月吧！”

月亮真的很好，一圈月华正绕着月亮散布开来。

（全书完）

（京权）图字：01-2024-1767

图书在版编目（CIP）数据

六个梦 / 琼瑶著 . -- 北京：作家出版社，2024.10
（琼瑶作品大合集）
ISBN 978-7-5212-2890-8

Ⅰ. ①六… Ⅱ. ①琼… Ⅲ. ①短篇小说 - 小说集 - 中国 - 当代 Ⅳ. ①I247.7

中国国家版本馆 CIP 数据核字（2024）第 101163 号

六个梦

作　　者：琼　瑶
责任编辑：王　昉
装帧设计：棱角视觉　纸方程 · 于文妍
出版发行：作家出版社有限公司
社　　址：北京农展馆南里 10 号　　邮　　编：100125
电话传真：86-10-65067186（发行中心）
　　　　　86-10-65004079（总编室）
E-mail: zuojia@zuojia.net.cn
http://www.zuojiachubanshe.com

字　　数：156 千
印　　张：8
版　　次：2024 年 10 月第 1 版
印　　次：2024 年 10 月第 1 次印刷
ISBN　978-7-5212-2890-8
定　　价：36.00 元

品 琼 瑶 经 典

忆 匆 匆 那 年

琼瑶作品大合集

1963《窗外》
1964《幸运草》
1964《六个梦》
1964《烟雨蒙蒙》
1964《菟丝花》
1964《几度夕阳红》
1965《潮声》
1965《船》
1966《紫贝壳》
1966《寒烟翠》
1967《月满西楼》
1967《翦翦风》
1969《彩云飞》
1969《庭院深深》
1970《星河》
1971《水灵》
1971《白狐》
1972《海鸥飞处》
1973《心有千千结》
1974《一帘幽梦》
1974《浪花》
1974《碧云天》
1975《女朋友》
1975《在水一方》
1976《秋歌》
1976《人在天涯》
1976《我是一片云》
1977《月朦胧鸟朦胧》
1977《雁儿在林梢》
1978《一颗红豆》
1979《彩霞满天》
1979《金盏花》
1980《梦的衣裳》
1980《聚散两依依》
1981《却上心头》
1981《问斜阳》
1981《燃烧吧！火鸟》
1982《昨夜之灯》
1982《匆匆，太匆匆》
1984《失火的天堂》
1985《冰儿》
1989《我的故事》
1990《雪珂》
1991《望夫崖》
1992《青青河边草》
1993《梅花烙》
1993《鬼丈夫》
1993《水云间》
1994《新月格格》
1994《烟锁重楼》
1997《还珠格格第一部1阴错阳差》
1997《还珠格格第一部2水深火热》
1997《还珠格格第一部3真相大白》
1997《苍天有泪1无语问苍天》
1997《苍天有泪2爱恨千千万》
1997《苍天有泪3人间有天堂》
1999《还珠格格第二部1风云再起》
1999《还珠格格第二部2生死相许》
1999《还珠格格第二部3悲喜重重》
1999《还珠格格第二部4浪迹天涯》
1999《还珠格格第二部5红尘作伴》
2003《还珠格格第三部天上人间1》
2003《还珠格格第三部天上人间2》
2003《还珠格格第三部天上人间3》
2017《雪花飘落之前——我生命中最后的一课》
2019《握三下，我爱你——翩然起舞的岁月》
2020《梅花英雄梦之乱世痴情》
2020《梅花英雄梦之英雄有泪》
2020《梅花英雄梦之可歌可泣》
2020《梅花英雄梦之飞雪之盟》
2020《梅花英雄梦之生死传奇》

www.ingramcontent.com/pod-product-compliance
Lightning Source LLC
LaVergne TN
LVHW101916220826
846093LV00009B/273

9787521228908